이

김윤진 실화소설

김윤진 실화소설

복이

지은이의 말_5

복이_8

빨간 자전거_86

레테의 강_96

원더풀 내 인생_116

투명의 세마포_138

나는 꽃무릇_150

담배 연기_178

해설_188

지은이의 말

 나는 결코 토끼가 될 수 없는 거북이었다.
 거북이는 걸음이 느릿느릿하여 길동무가 없었기에, 나는 초등학생 때부터 언제나 혼자 다녔다. 지독하게 외로웠지만, 느릿느릿 걸으며 사물을 관찰하는 버릇이 생겼다.
 해달별과 산과 강, 시냇물, 구름, 햇빛, 눈과 비와 바람, 들판, 나무, 꽃, 똥개, 집짐승들 등등 자연과 동식물이 친구가 되어 주었다.
 사람들의 말투, 대화, 살아온 이야기들을 귀담아듣고 관찰하며 내 이웃들의 삶을 글로 표현하는 걸 좋아했다. 자연과 동식물. 사람들의 인생 스토리, 모두가 내게는 글의 소재였던가 보다.
 혼자 있는 시간이 많고 외로웠던 대신 무지갯빛 미래를 꿈꿀 수 있었다. 대홍수가 말끔히 쓸어간 듯했던 지독한 가난과 나의 핸디캡, 채워지지 않는 영혼의 허기, 아무도 모르는 나만의 슬픔과 외로움, 나의 모든 아픔과 결핍은 오히려 축복의 통로가 되었다. 자연스럽게 문학이라는 창으로 연결해주는 지름길이 되어 주었다.
 토끼는 빠르고 바빠서 놓치는 게 많지만, 거북이는 느리므로 눈과 귀와 마음에 담는 것이 많다. 그래서 토끼보다 거북이가 숨은 알부자일 것이다.

중학교 때 산문 한 편씩 써오기 작문 숙제가 있었는데, 70명가량의 우리 반 학생 중에서 내 산문이 일등으로 뽑혔다.

담임선생님께서 나를 앞으로 불러내시더니, 나더러 내 산문을 반 친구들 앞에서 또박또박 큰 소리로 읽어보라고 하셨다.

용감하게 앞으로 나간 나는 자신만만한 목소리로 내 산문을 읽었다. 읽기가 끝나자 반 친구들의 우레 같은 박수갈채가 터졌는데, 세상에 태어나서 처음 받아보는 박수였다. 쪼그라들었던 마음에 엔도르핀이 솟구치는 순간이었다고나 할까.

담임선생님께서 진지하게 말씀하셨다.

"김윤진, 너는 글 쓰는 재주를 타고났구나. 좋은 책을 많이 읽고 습작을 많이 하면 이다음에 반드시 좋은 작가가 되겠다."

내가 세상에 태어나서 처음 들어보는 칭찬이었다.

그날 담임선생님께서 내게 해주신 칭찬이 나를 문학의 길로 이끌어준 것 같다. 그도 그럴 것이, 1995년 10월 25일, 나는 〈대한민국 장애인 문학상〉에서 장편소설이 당선되었다. 세종문화회관에서의 시상식장에서 울엄마가 뱅긋이 웃으시며 이렇게 말씀하셨다.

김윤진 실화소설 -지은이의 말

"굼벵이도 구르는 재주가 있구나."

 문학은 외로운 내 영혼의 비상구이며 피난처이고 비상하는 날갯짓이며 자유이고, 영원한 마음의 고향이다. 어둠 속에 웅크리고 있던 자존감 낮은 아이를 문학이라는 광대무변한 밝은 빛의 세계로 이끌어주신 중학교 3학년 때 담임선생님과 문학의 고운 꿈을 펼칠 수 있도록 첫 디딤돌을 놓아준 〈솟대문학〉과 창고에 쌓여 있던 이웃들의 희로애락이 스민 드라마틱한 스토리들이 세상에 나올 수 있도록 준비금을 지원해주신 한국예술인복지재단에 깊이 감사하면서, 화룡점정이라고, 내 실화소설의 해설을 참으로 멋지게 해주신 '사설시조조 소설'의 원조 주영숙 문학박사님께 그 어떤 말로 감사의 말씀을 전할지 전전긍긍이다.
 끝으로 언제나 내 편이고 늘 곁에서 응원을 아끼지 않는 내 가족들에게 감사와 사랑을 전한다.

       2024년 8월, 강남 한 귀퉁이 문학골방에서 김윤진

 텅 빈 시냇가 차가운 돌 위, 새끼줄에 묶여 홀로 앉아 있는 복이는 춥고 배고프고 무서웠다. 하느님은 도대체 이럴 때 뭐하고 계시는지 복이는 참으로 궁금했다. 저렇게 나쁜 가짜 아버지에게 왜 벌을 안 내리시는지, 어린 복이는 하나님 마음을 도무지 이해할 수 없었다. 그래도 빌었다, 저 나쁜 아버지를 제발 좀 잡아가시라고 하나님한테도 빌고 부처님한테도 빌었다.

복이

복이 아버지 김원탁 씨는 일본 유학파 출신이다.

유학을 마치고 한국에 들어와 경찰 공무원으로 지내다 친척들의 강권으로 선거에 출마했었지만 그만 낙선했고, 그 소식을 들은 고향 친척들은 너도나도 나서서 좋은 집 한 채 줄 테니 내려오라며 부추겼고, 그 결과 복이 아버지는 도시 생활을 정리하여 온 가족을 데리고 귀향을 서둘렀는데, 딸린 식구가 만만찮았다.

마흔넷 김원탁 씨를 위시하여, 열세 살 연하라 불과 서른하나인 그의 아내 김옥련, 그리고 그들의 큰아들인 열 살 상우와 작은아들인 여덟 살 윤우, 거기다 여섯 살짜리 큰딸 유경이와 세 살짜리 작은딸 혜경이, 이렇게 여섯 식구로, 그는 복이가 태어나기 이전에 이미 대가족을 이루고 있었다.

그러나 막상 귀향하고 보니 친척들의 태도가 싹 변해있었다. 애초의 약속과는 달리 김원탁 대가족을 약속이나 한 것처럼 외면해 버렸다. 선거에서 낙선은 해도 그래도 좀은 남아있을 줄 알았더니 땡전 한 푼 없는 무일푼. 친척들이 그걸 눈치챘기 때문이었다. 아무리 그래도 그렇지, 고향이라고 믿고 찾아왔는데 세상에, 그럴 수가 없었다. 이러저러한 현실을 꼼짝없이 받아들여야 하는 위기의 순간. 대한민국 성씨 중에 명가 반열에 들어가는 의성 김씨 한 가족이 들판에 이불 깔고 잠을 청하는 단체 노숙자로 전락할 찰나였다. 그래도 일가족 한꺼번에 노숙자 되라는 법은 없는지, 천만다행으로 구세주가 나타났다. 그는 김원탁 가족과는 피도 살도 안 섞였고 친척도 아닌, 후일 복이의 친구인 환수 아버지였다. 환수 아버지가 집도 절도 없는 김씨 가족의 사정을 딱하게 여겼고, 때마침 사랑방이 비었다면서 집 구할 때까지 들어와 살라고 선심을 베풀었다.

　김원탁 씨는 열세 살 어린 자기 아내와 열 살 큰아들 상우 밑으로 윤우, 유경, 그리고 세 살짜리 둘째 딸 혜경이까지 줄줄이 사탕처럼 늘어선 4남매를 데리고 흙먼지 폴폴 날리는 도로변 환수네 사랑방에서 살게 되었고 그나마 한시름 놓았다. 그 도로변에서 저 멀리 마주 보이는 300여 호나 되는 건너편 마을과 외따로 떨어져 달랑 두 집만 사는 외진 곳이었지만 김원탁 일가족은 그래도 별 떨기 반짝거리는 하늘을 천장 삼아 잠을 청하는 신세에서 벗어난 것만 해도 무지무지 다행이라 여기며 짐을 풀었다.

　바로 그 환수네 집 사랑채에서 복이가 태어났다. 복이는 아버지 김원탁 씨 평생에 가장 밑바닥을 친 시점이었던 그다음 해 정월 어느 새벽에 태어난 것이다.

복이가 생후 8개월 되었을 때였다.

복이 엄마 김옥련 씨가 빛고운 저녁놀을 등지고 키에 곡식을 담아 까부르고 있는데 웬 삿갓 쓴 시주승이 물을 한 사발 청해 마셨다. 그리곤 보답한다며 무슨 말을 꺼내는데,

"아주머니, 일주일 후에 이사 계획이 잡혀 있지요?"

"아이구, 우리 이사 계획을 생전 처음 보는 스님께서 우째 그래 정확하게 알고 계시능교?"

김옥련은 화들짝 놀라 키질을 멈추었다.

"그 집으로 이사 가지 마십시오."

"스님, 와그라시능교?"

"그 집은 삼살방 위에 앉아 있는 집이오. 그 집으로 이사 갔다 하면 이 귀여운 아기가 죽거나 바보가 되거나 병신이 됩니다."

김옥련의 얼굴이 일순 어두워졌다.

"우리 바깥양반이 고집이 워낙 세서 제 말은 안 들어줄 낀데 우짜면 좋겠능교?"

빛고운 저녁노을로 눈길 주던 시주승이 곧 비방을 제시했다.

"대주(복이 아버지)께서 방해해서 일이 여의치 않아 이 아기에게

무슨 일이 생기면 소승이 있는 암자로 찾아오세요. 그러면 비방을 써서 이 아기가 건강하게 살 수 있도록 도와드리겠습니다."

그리고 덧붙였다.

"아주머니, 이 아기를 특별히 공들여 잘 키우십시오. 이 아기는 장차 나라의 녹을 먹고살 아이며, 천기와 글재주를 타고나서 가문에 영광이 될 아이입니다."

"아이구 스님! 가시나가 무신(무슨) 수로 나라의 녹을 먹고 삽니꺼? 국회의원이나 장관이 된다면 또 몰라도!"

"무슨 녹을 먹고 살지, 때가 되면 알게 될 것입니다."

스님은 알 수 없는 말을 남기며 종이쪽지에다 자신이 기거하는 암자 주소를 적어주고는 꾸벅 인사했다.

"물 잘 마셨습니다."

유유히 저녁놀 속으로 사라지는 시주승의 뒷모습을, 그녀는 한참이나 넋 놓고 바라보았다.

'암자가 경주에서 가까운 영천에 있구먼.'

복이 엄마 김옥련 씨는 암자 주소를 한 번 들여다본 후에 몇 번 접어서 고쟁이 주머니에다 잘 쑤셔 넣었다.

온 가족이 모두 둘러앉아 저녁밥을 먹을 때 복이 엄마는 삿갓 쓴 시주승에게서 들은 얘기를 꺼냈다.

개다리소반 독상을 받아 저녁밥을 먹던 복이 아버지 김원탁 씨,

그가 벌컥 화를 냈다.

"근본도 없는 땡중 말을 우째 믿고 정해진 이사를 안 가노? 그건 다 미신인기라, 미신."

"아부지, 우리 이사 가지 맙시더. 엄마 말씀을 듣고 보이 기분이 영 안 좋습니더."

큰딸 유경이의 말에 더 무섭게 화를 내는 김원탁 씨.

"어허이, 시끄럽다 고마. 아~들은 어른들이 결정해놓은 일에 나서는 거 아이다. 돈지 아재가 공짜로 들어와서 살아라고 하는데 이 좋은 기회를 놓치면 식구 많은 우리는 힘들다. 지금부터 차근차근 이사 준비 잘하고, 다시는 그 땡중 말은 입에 담지 말그라. 으이?"

"예에, 알았니더."

맥없이 가라앉은 목소리로 유경이 대답했다.

복이까지 보태어 7명 대가족은 결국 대주의 뜻대로 정해진 날짜에 돈지 아재 집으로 이사했고, 그러고 바로 이상한 일이 생겼다.

매년 마을에서 마을의 안녕을 빌며 동제를 지내는데, 동제 지내고 난 동제떡을 한 조각 먹은 후 바로 유경이에게 귀신이 붙었다.

회까닥 눈동자가 뒤집혀 제 아버지를 죽이겠다고 패악을 부리며 살기등등해서는 낫을 들고 온 집안을 싸돌아다닌 거였다.

13

"험한 일을 피하라고 미리 일러 주었는데 지지리도 조상의 말을 안 듣는 이놈의 집구석, 모조리 다 죽여버리겠어."

김원탁 씨는 큰딸 유경이가 낫을 들고 설치는 통에 혼비백산할 지경이었다. 하지만 그는 경찰 출신, 어느새 냉정해진 그는 자기 딸을 새끼줄로 꽁꽁 묶어놓았다.

그리고는 급히 흰쌀밥과 삼색나물과 막걸리를 준비하게 하더니 대문 앞에 상을 차려놓고 조상들에게 손이 발이 되도록 빌었다.

이윽고 효험이 나타났는지, 유경이가 조용히 잠이 들었다.

그에 힘을 얻은 김원탁은 어디서 귀신 쫓아내는 비방을 듣고 와서는 당장 시행했다. 먹을 진하게 갈아 붓에 적시고는 큰딸 발바닥에다 임금 왕(王)을 썼는데, 한잠 잘 자고 일어난 유경이는 귀신 들려 했던 행동들은 싹 잊어버리고 자신의 팔과 발바닥에 쓰인 한자를 보고 신기해하였다.

"아부지, 이게 뭐기요? 뭔 일 있었능기요?"

아버지는 아무 일 없었다고 대답해주었다.

하지만 재앙이 끝난 게 아니었다. 이사하고 일주일 만에 막내딸 복이가 열이 펄펄 끓고 아픈 거였다. 복이 엄마 김옥련 씨는 친지 잔치에 들어갈 소품 준비를 위해 앉은뱅이 재봉틀을 돌리느라 여념이 없었다. 새색시가 입을 옷이랑 신혼 이불 만드는 일에 정신이 팔려서 도대체 복이에게 신경 쓸 틈이 없었다. 복이는 일주일

김윤진 실화소설 -복이

내내 고열에 시달리면서도 그저 끙끙 앓기만 했다. 워낙에 온순한 성격이라 칭얼대지도 않았다.

윗마을에 사는 개동 아지매가 밤마실을 왔다. 잔치 준비는 잘 돼 가는가 묻던 아지매는 가만히 누워있는 복이에게 눈을 주었다.
"아이구, 복이 얼굴은 언제 봐도 달덩이 같네. 이 집은 불이 없어도 야 때문에 대낮같이 훤하데이. 참말로 온순하데이. 어디 한 번 안아보자."
개동 아지매는 복이를 번쩍 들어 올렸고, 순간 그네의 낯빛이 어둡게 변했다.
"아이쿠, 야아가 와이라노? 여 쫌(여기 좀) 보거래이. 아무래도 이 아~가 쪼매 이상하데이."
열심히 재봉틀을 돌리던 복이 엄마는 깜짝 놀랐다.
"형님, 잘 노는 아~가 뭐가 이상하다꼬 그라능교?"
"아이다(아니다). 참말로 이상하데이! 자네, 야 왼쪽 다리를 좀 보게. 기운이 하나도 없이 축 늘어졌다 아이가. 야가 언제부터 이랬드노?"
가슴이 철렁 내려앉은 복이 엄마 김옥련이 일손을 뚝 멈추었다. 그리고 복이를 자세히 살피는데, 일순 그녀의 얼굴이 새파래졌다.
"아이구, 이 일로 우짜꼬! 내가 잔치에 쓸 옷들 맹그느라 정신이 없어서 아~한테 신경을 잘 못썼더이, 한 일주일 야가 열이 마이 나면서 끙끙 앓았는데, 워낙 순한 아~라 별시럽게 크게 생각 안 하고 괜찮으끼다 하고 놔뒀더니 고마, 우리 야아가 고마, 다리 빙신(병신)이 되고 말았네요. 형님, 이 일을 우짜면 좋겠능기요?"

"아이고 자네가 지금 그 옷감 잡고 있을 땐가?"

개동 아지매는 정색을 하고 나무랐다.

"퍼뜩 아~를 데리고 가찔 현숙이 엄마한테 가 보거라. 현숙 엄마는 병원에서 오래 간호원 생활을 했다카이, 고마마, 아~를 보기만 하믄 뭐든 알아낼 거 아이가(아니겠나). 침도 잘 놓는다 카데."

김옥련 씨는 붙잡고 있던 일감을 내동댕이쳤다. 그리고 곧장 복이를 번쩍 들어 업었다. 눈앞이 하얘져서 아무것도 보이질 않았지만, 그래도 허둥지둥하면서도 가찔 동네 쪽으로 종종걸음을 쳤다.

부티 나고 인상 좋은 얼굴에 도수 높은 안경을 쓴 현숙이 엄마가 복이를 세밀히 살폈다.

"오마나, 이 얼라한테 소아마비가 왔나 봅니다."

"소아마비가 뭔기요?"

"요즘 전국적으로 퍼지는 유행성 감기 비슷한 병, 그 소아마비 바이러스가 한 번만 싸악 훑고 지나가면 아~들이 전부 몸이 절딴

난다고 하더군요."

"아이고, 현숙이 엄마요, 제발 우리 아~, 빙신 안 되구로 잘 쫌 고쳐주소."

"일단 제가 침을 좀 놓아드릴 테니 내일부터는 큰 병원으로 찾아가보세요."

현숙이 엄마가 부랴부랴 침통을 꺼냈다. 작은 몸 여기저기에 침이 꽂히자, 복이는 아이고 내 죽는다며 자지러지게 울어댔다.

그다음 날부터 복이를 업고 용하다는 의원과 병원은 다 찾아다닌 김옥련 씨, 하지만 소용없는 일이었다. 결국 복이의 다리를 고치지 못했다. 그러다 문득 그 스님이 생각났는데, 스님이 주고 간 암자 주소가 적힌 쪽지를 찾으려고 온 집안을 이 잡듯이 뒤져봤으나 결국 그 쪽지를 찾지 못했다. 그 후로, 복이 엄마는 화나는 일만 생기면 남편을 원망했다.

"안 된다고 그렇게 말려도 이사를 고집하더니 결국 어린 딸 신세를 아비가 망쳤니더."

아내가 그럴 때마다 김원탁 씨도 덩달아 화를 냈다.

"머시라? 지 팔자 사나워 빙신이 되었재, 와 내 탓이고?"

겉으론 그렇게 화를 벌컥벌컥 냈지만, 하지만 원탁 씨 역시 속이 편치 않았다. 이사를 하자마자 큰딸이 귀신이 들려서 고생했고, 막내딸 복이는 소아마비에 걸려 버렸으니 기가 막히지 않을 수 없었다. 말은 안 해도 속으로는 죄책감에 괴로웠다. 모든 게 무능한 자신의 탓만 같아 복이를 볼 때마다 속마음과는 달리 화가 났다. 일부러 퉁명스럽게 대하고 한 번도 다정하게 웃어주지 않았다.

1964년, 원탁 씨 가족은 한 많은 돈지 아재 집을 떠났다. 텃밭 딸린 다 쓰러져가는 초가집을 그 당시 화폐로 15,000원에 매입하여 윗마을로 이사한 것인데, 여기서 막내아들 형우가 태어났다. 양순이네 바로 앞집이었다.

원탁 씨 가족 중 다섯 식구는 다 일을 나갔다. 아직 아기인 형우는 큰딸 유경이가 등에 업고 재 너머 저수지 만드는 공사 현장에서 일하는 엄마에게 젖 먹이러 갔고, 텅 빈 집안에는 왼쪽 다리를 못 쓰는 다섯 살 복이 혼자 방안에 오도카니 앉아 있었다. 화들짝 방문을 열어놓은 채 햇살 좋은 봄 마당을 바라보고 있었다.
  누렁이는 어린 주인을 쳐다보면서 행여 먹을 것이라도 줄까 바라며 굵은 꼬리를 살랑살랑 흔들고 있었는데, 때마침 사립문 밖에서 앞집 양순이 아버지의 목소리가 들렸다.
  "복아, 복이 집에 있나?"

"예에, 저 여기 있니더."

'복'이라는 이름이 어쩐지 촌스럽다고 여겨졌던 복이는 자기 이름을 몹시 싫어했다.

'복'이라는 이름이 지어진 유래는 이랬다. 복이 어머니가 복이를 임신했을 때 태몽을 꾸었는데, 꿈속에서 허연 긴 머리와 긴 수염에 흰 도포를 입고 구불구불한 멋진 지팡이를 짚은 산신령이 나타나 천둥같이 우렁우렁한 목소리로 그랬다.

"이 아이는 하늘의 보호를 받는 아이로서 천복을 누릴 아이니 그 이름을 '복'이라 부르라."

그래서 복이 어머니는 호적에 막내딸의 이름을 '복'이라 올릴까 생각하다가, 아무래도 너무 촌스러운 것 같아 호적에는 '경'자 항렬을 따라 '복경'이라 올렸다.

나중 일이지만 복이는 자라면서 자신의 이름이 촌스러움의 극치라며 틈만 나면 세련되고 예쁜 이름으로 개명해 달라고 졸라댔는데, 기어이 단식투쟁까지 하여 세련된 이름으로 개명하기에 성공했다. 그래서인지 지금은 아무도 복이나 복경으로 부르지 않는다. 아니면 그녀의 이름이 복이었다는 사실을 전혀 모르거나 잊어버렸다.

양순 아버지는 복이 목소리가 들리는 안방을 향해 터벅터벅 걸음을 놓았다. 산에서 나무를 한 짐 해온 양순 아버지의 손에는 송이가 오져서 탐스러운 참꽃(진달래) 한 다발이 들려 있었고, 참꽃을 본 복이의 얼굴도 보름달처럼 환해졌다.

"와아, 참꽃이다!"

"그래, 참꽃이다. 진종일 방안에 혼자 있는 복이 너 줄라꼬 내가 산에 나무하러 갔다가 참꽃 꺾어 왔데이. 우떻노? 예뿌재?"

"우와아, 참말로 예뿌네요. 양순 아부지, 고맙심니더."

양순 아버지가 안방 문지방에 앉아 있는 복이의 손에 참꽃 한 다발을 꼭 쥐어주었다.

"복아, 니는 참꽃이 그리 좋나?"

"예에. 지는요 참꽃만 좋아하는 기 아이고 꽃이라카믄 모든 꽃이 다 좋니더."

"그렇나? 복이 니 마음이 꽃처럼 곱고 예뻐서 그런 기다. 가만 있거라 보자. 그걸 그냥 두면 금세 시들어버릴 낀데 느그 아부지 마시고 난 빈 술병이라도 어데 있는가 함 찾아보자."

집안 이곳저곳을 기웃거리던 양순 아버지는 진초록 큰 소주병 하나를 찾아서 물을 팔 부쯤 채워 들고 왔다.

"복아, 그 꽃 일루 조바라(줘봐라). 내가 꽂아줄끄마."

"예에."

복이가 오진 참꽃 다발을 다시 양순 아버지에게 내밀자, 양순 아버지는 참꽃을 보기 좋게 소주병에 꽂아 방 한구석에 두었다. 그리곤 환하게 웃으며 물었다.

"어떻노? 참말로 보기 좋재?"

"예에. 참말로 보기 좋니더."

양순 아버지와 복이는 서로 마주 보며 환하게 웃었다.

양순 아버지는 사실 늘 집에만 있는 복이가 너무 짠했다. 그래서 산에 나무하러 갔다가 여기저기 지천으로 핀 수많은 참꽃을 보자 복이 생각이 났고, 그중에서 가장 송이가 오져 보이는 참꽃을 골라 한 다발 꺾어다 준 것이다. 단지 그랬을 뿐인데 복이는 온 세상을 다 얻은 것처럼 행복해하고 좋아했다. 그랬다, 양순 아버지는 복이의 그런 모습에 더욱 마음이 짠해졌다.

"복아, 이리 나와 봐라. 오늘부터는 내캉 열심히 걸음마 연습하자. 너처럼 참한 아~가 펭생(평생) 방안에서만 생활해서는 절대로 안 되는기라. 빨리 걸음마 연습해서 학교도 가고 이다음 예쁜 아가씨로 자라서 좋은데 시집도 가서 행복하게 자알 살아야지."

양순 아버지는 두 팔을 넓게 벌려 복이를 품에 안고 마당 한 켠 작은 평상에 앉혀놓았다. 그리곤 사립문 입구 우측에 있는 머리방 기둥에 대못을 박았다. 그리고 긴 새끼줄을 대못에 하나 묶고 그

기둥과 마주 보고 서 있는 대문 입구 석류나무에 나머지 새끼줄을 묶었다. 새끼줄 높이는 복이가 섰을 때 허리까지 닿았다.

"자, 내가 하는 거 잘 봐라. 이 새끼줄을 요래 잡고 혼자 걸을 수 있을 때꺼정 여기를 왔다갔다 반복하는기라. 물론 첫술에 배부르지 않다꼬. 처음에는 마이(많이) 힘들끼지만, 절대로 포기하면 안 된다. 으이? 자, 이제 함(한 번) 시작해보자. 으이?"

양순 아버지는 복이를 안아다가 새끼줄 옆에 내려놓고는 말을 길게 했다.

"태산이 제아무리 높다 캐도 사람이 날마다 포기하지 않고 오르고 또 오르면 결국엔 오르는기라. 복이 니도 오늘부터는 밥묵고 잠자는 시간만 빼고는 여기서 새끼줄을 잡고 부지런히 걸음마 연습을 해래이. 니가 연습을 얼매나 열심히 하는가에 따라서 니가 니 힘으로 빨리 걸을 수 있는 기다. 절대로 게으름 피우몬 안 된다. 으이?"

"예에."

"내가 집에 가서 점심밥 한술 묵고 올 테니 니는 열심히 연습하고 있거래이. 오늘부터 니는 내 제자고 나는 너의 걸음마 연습 선생이다. 알것재?"

"예에."

"그라모 혼자서 열심히 걸음마 연습하고 있거래이. 내 퍼뜩 밥

묵고 또 오끄마."

제자의 머릴 쓰다듬어주고야 사립문을 빠져나간 양순 아버지.

양순이 아버지는 복이네와 도랑 하나를 사이에 두고 바로 앞집에 살고 있었다. 이 도랑은 평소에는 물이 말랐지만, 비라도 오면 뒷산 줄기로부터 제법 많은 물이 흘러 내려와 빨래도 하고 머리도 감을 수 있었다. 비 온 뒤에 산에서 흘러 내려오는 이 물에 머리를 감으면 머리가 참으로 매끄럽고 윤기가 났다. 복이는 줄곧 그런 생각을 했다.

'자꾸만, 자꾸만 비가 와서 이렇게 좋은 물에 머리를 자주 감으면 참 좋겠다'

양순이네가 복이네보다 집도 크고 마당도 세 배나 더 넓었다. 복이네 사립문 왼쪽에는 동네 사람들이 공동으로 사용하는 가천댁 우물이 있었는데, 우물이 깊고 물맛이 좋았다. 아무리 가뭄이 들어도 결코 마르는 일이 없는 우물이었다. 복이 아버지는 여름이면 이 우물물을 퍼서 커다란 사기 국대접에 찬밥을 말아먹었다. 밭에서 금방 딴 풋고추 몇 개만 있으면 된장에 찍어 점심을 맛있게 해결하곤 했다.

복이에게 꿈이 생기기 시작했다. 혼자 새끼줄을 잡고 땀을 비오

듯 흘리며 끊임없이 넘어지고 일어나면서, 오뚝이처럼 걸음마 연습하는 한편으로 꿈이라는 것을 설계해본 거였다. 이다음에 예쁜 아가씨로 성장해서 좋은데 시집가는 것은 너무 먼 미래 일이라 아직 머릿속에 아무런 형상도 그려지지 않았으나, 여덟 살만 되면 가찔이라는 동네에 있는 초등학교에 갈 수 있다는 그러한 희망이 생겼고, 그래서 더 열심히 걸음마 연습을 했다.

책 보따리를 등에 메고 열심히 학교에도 가고 친구들도 만나는, 그런 상상만 해도 복이는 그저 즐겁고 행복했다.

양순이 아버지가 점심 식사를 마치고 다시 복이를 찾아왔다. 그는 늘 온화한 표정에 목소리는 조용조용한 선비형의 사람이었다.

복이는 앞집에 사는 양순 아버지가 한 번도 화를 내거나 가족을 향해 소리 지르는 것을 본 적도 들은 적도 없었다. 그래서 양순 아버지가 자신의 아버지였으면 좋겠다고 생각을 여러 번 했었다.

"복아, 걸음마 연습 열심히 하고 있었더나?"

"예에. 쉬지 않고 했니더."

"그래? 니 정말 착하데이. 니가 이렇게 열심히 하는 걸 보이(보니) 머잖아 니 힘으로 잘 걸을 수 있을 것 같데이."

양순이 아버지 말이 마치 등불 같아서, 복이는 환하게 웃었다. 복이가 웃는 모습은 보름달같이 환하고 참 예뻤다. 양순이 아버지는 복이가 너무 예쁘고 기특해서 복이 머리를 쓰다듬어주었다. 그런데 바로 그때 나무 한 짐을 해서 지게 꼭대기에 발간 참꽃 한 다발을 꽂고, 복이 아버지 김원탁 씨가 마악 사립문으로 들어오고 있었다.

석류나무 밑에서 걸음마 훈련에 열중하고 있는 복이와 양순 아버지를 발견한 그는 지게를 한쪽 구석에 세워놓고서 터벅터벅 걸어와 언짢은 얼굴로 말했다.

"이보게 자네, 공연히 애한테 쓸데없는 희망일랑 심어주지 말게. 야는 병신이라 앞으로 사람노릇 하기는 글렀는기라. 내 보기에는 이래서는 뭐가 되지도 않을 것 같네."

"예끼, 이사람아! 자네는 어린 복이보다 못한 사람이구먼. 복이는 희망을 갖고 이래 열심히 연습하고 있는데 자네는 애비되는 자가, 자라는 애 앞에서 그따위 부정적인 소리나 하면 쓰겠는가. 얘를 펭생(평생) 방안에서만 썩게 할 수는 없지 않은가. 우쨌든 넓은 세상 구경도 하게 해 줘야지. 그게 우리 어른들이 할 일이네."

양순 아버지가 점잖게 나무라는 투로 말하자, 복이 아버지는 언짢은 얼굴을 풀지 않은 채 툴툴거렸다.

"설사 복이가 일어나 걸을 수 있다고 치세. 병신이 세상 구경을 하고 돌아댕기믄 가는 곳마다 병신이라고 동물원 원숭이 구경하듯이 놀림이나 당하지. 무슨 좋은 일이 있다고 자네는 이런 쓸데없는 것을 가르치고 있는가? 가만히 집구석에 처박혀서 주는 밥이나 처

먹고 있으몬(있으면) 그나마 집안 망신은 안 시키재."

"허허, 이 사람 참말로 몹쓸 사람이데이. 어찌 애비된 자 입에서 그런 소리가 나올 수 있단 말이고? 내 자네 심정을 모리는 바 아이나(아니지만), 자네 그러는 거 아닐세. 이 일을 자네가 방해해서 복이가 펭생(평생) 방안에서만 살게 되면 그때 자네는 이 아이로부터 펭생 원망을 듣게 되네. 자네가 최선을 다한 후에 안 되는 것은 어쩔 수 없지만 해보지도 않고 초장에 이 아이 기를 꺾어버린다면 그것은 안 되는 말이네. 요컨대 죄를 짓는 일이네. 자네가 뭐라꼬 하든 나는 복이가 스스로 걸을 수 있도록 날마다 훈련 시키겠네."

양순이 아버지는 단호하게 말하며 탄식했다.

"자네 뜻이 정 그렇다면 내사 말리지는 못하겠다만, 내 보기에는 자네가 아까운 시간을 낭비하며 공연한 짓을 하고 있는 거 같네. 치우고 막걸리나 한 사발 마시러 가세."

"나는 낮술은 안 하네. 아직 할 일도 많고. 이따 저녁에 마시는 거라면 또 몰라도."

"에이 사람 고집은. 그럼 나 혼자 주막에 가서 한 사발 마시고 오겠네. 자넨 우리 복이한테만 매달리지 말고 자네 일이나 하게."

"자네는 신경 쓰지 말게나, 내 일은 내가 알아서 할 테니"

양순이 아버지는 복이 아버지의 태도에 매우 기분이 언짢았지만, 다음날도 그다음 날도, 복이 걸음마를 하루도 거르지 않고 열심히 가르치고 또 가르쳤다.

그 스승에 그 제자라고, 복이도 마찬가지였다. 힘들기 짝이 없는 훈련이어서 턱턱 주저앉기 일쑤였으나 절대로 포기할 수가 없었다. 번번이 복이를 일으켜 세우는 건 희망이었다. 훈련만 하면 걸을 수 있다는 희망.

"일어나, 넌 걸을 수 있다!"

"예, 걸을 겁니더."

"복아, 힘내!"

"예, 힘, 힘을 낼랍니더."

동네 사람들이 양순이 아버지를 손가락질하였다. 공연히 남의 딸을 가지고 쓸데없는 짓을 한다며 뒤에서 구시렁대는 사람도 더러 있었다. 가족들이 다 포기한 아이를 피도 살도 안 섞인 남이 뭐가 아쉬워서 날마다 아까운 시간 들이냐고, 대놓고 말리기 아니면 뒤에서 쑤군댔다.

그래도 양순이 아버지는 왼눈 하나 깜짝하지 않았다. 하루도 빼놓지 않고 복이에게 걸음마 훈련을 시켰다. 비가 오는 날이면 양순이네 농기구나 멍석을 보관하는 창고에 새끼줄을 묶어놓고 걸음마 훈련을 시켰다. 어린 복이는 그 창고를 보고 대번에 알았다. 양순이 아버지가 얼마나 깔끔하고 정리정돈을 잘하는 사람인지를 알았다.

 농기구를 사용하지 않을 때는 흙을 깨끗이 씻어 말려서 보관하고 멍석과 짚으로 엮은 여러 종류의 크고 작은 자리나 대소쿠리 같은 것도 참으로 가지런하게 정돈을 잘해두었다.

 일본 유학파 출신에 공부만 하다가 늦게 농사일에 뛰어든 책상물림 아버지하고는 달라도 너무 달랐다. 그랬다, 복이 아버지는 농사일이 서툴렀고 정리 정돈에도 서툴렀다.

 넓고 깨끗한 양순이 집 누런 황토 마당은 쓰레기 하나 없이 깨끗했다. 정말 보기 좋았다. 마당을 그렇게 멋지게 만들 수 있는 것도 눈썰미 좋은 양순 아버지의 특별한 솜씨 같았다. 재래식 화장실조차도 다른 집보다 더 크고 안정적이었다. 아이들 눈높이에 맞춰 잘 만들어 둔 것 같았다.

 어린 복이는 자신에게 무뚝뚝하고 퉁명스러운 아버지보다 늘 자상하고 친절하고 점잖은 양순이 아버지가 훨씬 더 좋다고 생각했다. 차라리 아버질 바꾸고 싶었다. 할 수만 있다면 그러고 싶었다.

 '내가 양순이 아버지 딸이면 좋겠다.'

 그리만 된다면 훨씬 더 많이 행복할 것 같았다.

 양순이 아버지는 언제나 복이를 편안하게 해주었다. 일쑤 자존감을 세워주어 행복한 기분이 들게 해주었다. 그리고 복이 스스로 꿈과 희망을 품게 해주었다.

그러나 복이 아버지는 정반대였다. 복이의 자존심을 여지없이 밟아버리기, 꿈과 희망 꺾어버리기, 그것도 모자라서 딸의 장애를 부끄러워했다. 단 한 번 다정하게 말해주거나 웃어준 적이 없었다. 늘 화난 얼굴이었다.

아버지만 보면 공연히 심장이 콩콩 뛰는 복이는, 무슨 죄를 지은 것처럼 가슴이 오그라들고 숨쉬기조차 힘들었다. 아무리 좋게 생각하려고 해도 아버지는 아버지가 아니었다.

'우리 아부지는 친아부지가 아닌갑다. 친아부지라면 나를 이렇게 대할 수는 없다.'

아닌 게 아니라, 김원탁 씨는 툭하면 복이를 다리 밑에서 주워 왔다는 말을 내뱉곤 했다.

'울아부진 어딘가에서 잘 살고 계실 거야.'

복이는 멋지고 다정한 친부모님이 잃어버린 딸을 찾느라 고생하고 있을지도 모른다는 생각을 하기에 이르렀고, 급기야 그것이 사실일 거라고 단정 짓게 되었다.

'하루빨리 걸음마에 성공해야지. 양순 아부지처럼 멋진 친아부지를 찾아 나서야지. 그래야지.'

그렇게 아무도 몰래 결심을 굳히고 있었다.

복이는 가족들의 무관심과 냉대를 받으면서도 꿋꿋이 견뎠다.

양순이 아버지 덕분이었다. 그는 하루도 빠짐없이 복이에게 걸음마 지도를 했고, 복이도 양순이 아버지만 믿으며 열심히 걸음마 연습을 했다.

그렇게 일주일이 지나가자, 복이는 자신의 왼쪽 다리에 조금씩 힘이 생기는 걸 느꼈고, 그것은 확실했다.

양순이 아버지가 산에 나무하러 간 사이 혼자 열심히 걸음마 연습을 하던 복이에게 기적이 일어났다. 왼쪽 다리에 기운이 조금씩 가해지면서 혼자 걸을 수 있게 된 것이다. 복이는 너무 신기하고 좋아서 '야호' 소리를 질렀다.

"우와, 내가 내 힘으로 걸었데이. 정말 걸었데이. 하나님, 부처님, 잘 보셨능기요? 분명히 제힘으로 걸었습니데이. 하나님, 부처님, 양순 아부지, 고맙습니데이. 참말로 고맙습니데이."

연거푸 인사를 했다. 보이지 않는 대상들에게 허리 굽혀 인사했다.

이제 이대로 조금만 더 연습하면 자기 마음속에 꿈꾸고 있던 여러 가지 일을 실행에 옮길 수 있을 것 같았다.

복이는 신이 나서 더 열심히 걸음마 연습을 했다.

양순이 아버지가 나무를 해서 집에다 놓고 복이가 연습을 잘하고 있나 보러 왔다.

"양순 아부지, 성공, 대성공입니더. 보이소. 이제 저 혼자서도 잘 걸을 수 있니더."

복이가 너무 기뻐서 흥분한 목소리로 말하자, 덩달아 눈자위가 벌게진 양순 아버지 목소리에 울음이 섞였다.

"어디, 어디, 내 보는 앞에서 함 걸어봐라. 진짠가 확인 좀 해보재이."

양순 아버지의 목소리를 뒤로 하고 복이는 새끼줄을 잡고 일어섰다. 그리고 한 발 두 발 걸었다. 그런 복이를 보고 있던 양순이 아버지는 너무 좋은 나머지 복이를 번쩍 안아 올렸고, 그리고 감개무량한 얼굴로 복이의 해맑은 눈동자를 들여다보며 말했다.

"성공했구나. 됐다, 됐어. 그동안 우리 복이 고생 참 마이 했다. 이제부터 더 열심히 연습해서 몇(몇) 년 후에는 꼭 학교에 들어가거라. 그러면 니가 모르는 더 넓은 세상으로 갈 수 있다. 으이?"

"예에. 그런데 양순 아부지!"

"와아?"

양순 아버지는 다정한 눈길로 복이의 초롱초롱 맑고 빛나는 눈동자를 들여다보며 대답했다.

"우리 아부지도 포기하신 일을 끝꺼정 해주셔서 참말로 고맙습니데이. 양순 아부지의 은혜는 절대로 안 잊어버릴낍니더."

"허허. 어린 니가 어른들보다 낫데이. 참말로 철든 소리를 다 하네. 그래, 그런 마음으로 살면 니는 반드시 남다른 인생을 살끼고 마침내 성공할끼다. 여자라서 안 된다, 불구자라서 안 된다, 이런 사고방식을 갖고 있으몬(있으면) 나라에도 개인에게도 우리 복이에게도 발전이 없는기라. 우리 예뿐 복이는 미래만 보고 열심히 살아라. 으이?"

"예에."

"아이구, 생각할수록 장하고 기특하데이. 이제는 선생 없어도 니 혼자 충분히 연습할 수 있재?"

"예에."

"그래, 어떠한 일이 있더라도 포기하거나 기죽지 말고 열심히 살고 용감하게 살아라. 으이? 그러면 니 앞날이 밝을끼다. 내 말 무슨 말인지 자알 알아 들었재?"

"예에."

복이는 양순이 아버지 품에 안긴 채 눈을 반짝이며 고개를 끄덕였다. 아버지는 한 번도 이렇게 다정하게 복이를 안아준 적이 없었다. 복이의 기억엔 아버지가 늘 화만 냈던 것 같다. 하지만 복이는 이제 희망에 부풀었다. 친아버지만 찾으면 그동안 속상했던 것, 많이 받지 못했던 사랑, 그런 걸 한꺼번에 받을 수 있다고 생각하니 기뻐서 심장이 터질 것만 같았다.

저녁에 한자리에 모인 가족들은 모두 복이가 걷는 것을 보고 깜짝 놀랐다. 복이 어머니는 감격해서 울었다.

"아이구, 우리도 돌보지 못한 아~를 이렇게 걷게 만들어주시다

니 우전양반(양순 아버지)은 참말로 고마우신 분이다. 복아, 그 은혜 잊지 마라."

"응, 엄마."

"흥, 병신이 걷는다 해서 상황이 뭐가 달라지나? 그 양반이 공연히 어린 아~ 마음에 헛바람을 집어넣은 게지."

아버지는 영 못마땅한 얼굴로 콧방귀를 뀌었고, 엄마는 '아~(복이) 듣는 앞에서' 너무 그러지 마시라며 서운한 얼굴로 말했다.

"머시라? 내 말이 틀리나? 병신은 병신이지. 걷는다캐서 병신 팔자가 뭐가 달라지겠노 이 말이다."

아버지의 언성이 조금 높아졌고, 엄마도 볼멘소리를 했다.

"복이 야가 이래 된 게 다 누(누구) 때문인데 그런 소리를 하는 기요?"

"와? 또 내 때문이라는 말 하고 싶어서 그러나?"

"입은 비뚤어져도 말은 바로 하라꼬 그때 그 스님이 돈지댁으로 이사 가면 삼살방이라 아~(복이)가 죽거나 바보가 되거나 병신이 된다꼬 우리 보고 이사 가지 말라꼬 얼매나 말렸는데, 당신이 한사코 우겨서 이사했던 거 아닌기요? 멀쩡하고 건강하고 온순하던 야가(이 아이가) 일주일 만에 이래 안 됐능기요?"

"그게 우째 내 탓이고? 지 팔자 사나울라카이 그래 된 기재."

복이 아버지가 마구 툴툴거렸다.

이러다 또 큰 싸움으로 번지겠다고 걱정한 큰딸 유경이가 밥상 밑으로 가만히 엄마 옷자락을 잡아당겼다. 그러자 엄마는 꿀꺽 울분을 삼켰다. 할 말이 태산 같았으나 단지 싸움 나는 게 두려워 참는 눈치였다.

'엊저녁 구멍가게에서 막걸리 한 사발 마시고 바지 주머니에 잔돈 200원을 분명히 넣어두었는데, 돈이 감쪽같이 없어졌다.'
 복이 아버지는 급한 걸음으로 복이 어머니를 찾는다.
 "내 바지 주머니에서 돈 200원이 없어졌는데, 혹시 아나?"
 "유경이 족쳐 보소. 우리 집에 가 말고 누가 그런 짓 하겠능교?"
 복이 아버지가 묻고 복이 어머니가 대답했다.
 복이 아버지는 복이 어머니 말을 듣고 우선 호리낭창한 싸리 회초리부터 준비했다.
 초등학교 2학년인 큰딸 유경이가 마침 책 보따리를 허리에 두르고 명랑하게 사립문으로 들어오고 있었다.
 "니 내 쫌 따라와봐라."
 유경이는 영문을 몰라 어리둥절했다. 아버지 손에 들린 싸리나무 회초리와 아버지의 표정을 보니 겁도 났지만, 화난 걸음걸이로 성큼성큼 걸어가는 아버지를 쭈뼛쭈뼛 뒤따라갔다. 아버지는 논둑

높이가 신작로에서 보면 10미터가 넘고 호두나무가 있는 논둑 쪽에서 보면 2미터쯤 되는 언덕 아래 요오댁 논으로 유경이를 데리고 갔다.

"유경아, 아부지 전직 직업이 형사다. 아부지 바지 주머니에 넣어둔 돈 200원이 감쪽같이 없어졌는데, 니가 가져갔재? 사실대로 말하면 용서를 할 것이고, 끝까지 거짓말하면 발가벗겨 놓고 실토할 때까지 때릴 테니 바른대로 말해봐라. 니가 아부지 돈에 손댔재?"

"아부지 바지 주머니에 돈 있는 사실을 지가 우째 아능기요? 전직 형사가 생사람을 이래 잡아도 되능기요? 밖에 있는 큰 도둑들은 안 잡고 만만한 내만 가지고 이래도 되능기요? 아부지라카는 사람이?"

유경이는 원래 반항아 기질이 강하고 불의를 보고는 못 참는 다혈질이었다. 큰딸의 말에 아버지 눈이 위로 치켜졌다.

"버르장머리없구로! 당장 꿇어 앉거래이! 그럼 아까 무슨 돈으로 꽈자를 사먹었노? 니가 아침에 학교 앞에서 꽈자 먹는 거 봤다는 증인도 여러 명 확보해놨데이."

"그것은 가찔 현숙이 엄마 아들 상곤이가 한 개 조서 먹었니더. 상곤이한테 가서 물어 보이소."

"대그빠리(머리) 피도 안 마른 것이 벌써부터 거짓말만 살살 하고 안 되겠데이. 오늘 아부지한테 좀 맞자. 무릎 꿇고 앉거라."

 큰딸이 가을 추수 끝난 차가운 겨울 논바닥에 무릎을 꿇자마자, 아버지는 싸리 회초리를 들었다. 그리고 어린 딸의 여린 허벅지를 때렸다. 아팠다, 딸은 아프고 분하고 억울했다.

 아버지 김원탁 씨는 전직 형사답게 집요하고 끈질겼다. 추운 겨울 논바닥에서 초등학교 2학년인 큰딸 유경이를 상대로 2시간이나 심문했다.

 춥고 아프고 억울하고 분해서 유경이는 벌러덩 겨울 논바닥에 드러누워 항거했다. 불의에 맞섰다.

 "아부지, 지가 그래 미우면 차라리 이 자리에서 때려 죽이삐리소. 어린 딸에게 도둑 누명이나 씌우고 고생이나 시킬라꼬, 그래서 내를 낳았능기요? 내가 안 가져간 돈을 아부지가 때린다고 거짓 실토 하라꼬요? 죽어도 몬합니다. 지도 이 더러븐 세상 더이상 살고 싶지 않으니까 퍼뜩 죽여죽이소."

 큰딸 유경이는 똑똑하고 반항아 기질이 강했다. 워낙 강하게 나오자 이윽고 김원탁 씨가 추궁을 포기했고, 그리고 부엌에서 저녁밥 준비하는 아내에게 항복 선언을 했다.

 "아무리 때리고 얼르고 추궁해도 유경이는 범인이 아인 것 같다. 2시간이나 추궁해도 지가 안 가져갔다고 하더라."

 "그라모, 가가 지가 가져갔다고 실토할 아~ 인교? 끝까지 추궁해 보이소."

"증거를 잡자."

원탁 씨는 가찔에 있는 상곤이를 만나러 갔다.

"니 오늘 아침에 참말로 유경이에게 꽈자(과자)를 줬나?"

"예, 맞심더. 줬심더."

상곤이의 대답 한마디로 이 사건은 일단락되었고, 유경이는 도둑 누명을 벗었다. 하지만 이 일이 어린 유경이 마음에 깊은 상처로 남았는데, 하지만 그 누구의 관심도 없이 차차로 잊혀갔다.

마침내 복이가 걸음마에 성공했을 때 가족 중에서 가장 좋아해주고 진심으로 축하해주던 유경. 평소에 복이를 유난히 예뻐해주던 큰 언니 유경이가 고향을 떠나 머나먼 서울로 갔다.

똥구녕 찢어지게 가난한 살림살이에 입이라도 하나 덜어보자며, 가난이 지긋지긋한 복이 엄마가 부자 친척에게 가서 흰 쌀밥이라도 원 없이 배 터지게 얻어먹고 살라며 큰딸을 서울 고모네 애보기로 보낸 것이다.

원래 세 딸 중에 얼굴도 가장 예쁘고 춤도 잘 추고 노래도 잘하고 팔방미인이던 유경이는 문장력도 탁월했다.

유경이는 외롭고 힘든 서울살이를 고스란히 편지에 담아서 엄마에게 보냈고, 엄마는 온종일 힘든 일 끝내고 와서 큰딸 유경이가 보낸 눈물 젖은 편지를 읽고 또 읽었다. 엄마는 편지지가 너덜너덜해지도록 눈물을 쏟아내며 울었다. 그렇게 큰딸이 보낸 편지를 마르고 닳도록 읽었다.

엄마야 누나야 강변 살자
뜰에는 반짝이는 금 모래빛
뒷문 밖에는 갈잎의 노래
엄마야 누나야 강변 살자

유경이는 그 당시 신곡으로 등장한 이 노래를 편지에 적어 보냈는데, 복이 엄마는 이 노래를 눈물을 흘리며 부르고 부르고 또 불렀다. 복이도 그랬다. 슬픔이 뭔지 그 뜻도 잘 모르면서, 복이는 엄마가 부르는 그 구슬픈 노래를 들으며 이불 속에서 숨죽여 울고, 울고 또 울었다.

예쁘고 상냥하고 친절하던 큰언니가 그리울 때면 복이는 늘 엄마가 울며불며 부르던 그 노래를 부르곤 했다.

서울로 간 유경이 언니는 자주 편지를 보냈다. 크리스마스가 가까울 때면 하얀 눈이 소복소복 내리는 그림의 예쁜 카드를 동생들에게 한 장씩 공평하게 보내주었다.

볼거리, 들을거리, 읽을거리가 없는 시골구석에서 큰 언니가 보내준 편지나 카드는 정말 기다려지는 행복한 선물이었다. 언니들이 다 집에 있어서 편지나 카드를 전혀 받지 못한 복이 친구들이 그 당시 복이를 어느 정도 부러워했는지는 따로 설명할 필요가 없을 정도였다.

복이 큰언니 유경이는 서울 고모님 댁 아기가 다 먹고 난 분유 빈 깡통이나 하얀 플라스틱 분유 숟가락, 예쁜 스카프 등도 보내주었다.

큰언니가 보내준 분유 빈 깡통은 복이 아버지 담배꽁초 모으는 통으로도 사용되었고 복이 막냇동생 구슬이나 딱지 모으는 통으로도 사용되었으며 복이 엄마는 그 통에다 미숫가루를 담아놓고 입이 심심할 때면 마른 미숫가루를 하얀 플라스틱 분유 숟가락으로 떠먹기도 했다.

복이는 큰언니가 보내준 그 귀한 빈 분유통으로 친구들과 양지 쪽에 앉아 소꿉놀이 도구로 사용하거나 실핀을 모아두는 통으로 사용하기도 했다.

지금은 아무도 거들떠보지도 않는 빈 분유통이 그 당시 시골에서는 아주 요긴하게 사용되었다. 복이 친구들은 복이가 갖고 있는 빈 분유통을 매우 부러워했다.

 그해 겨울 아침이었다. 복이보다 두 살 어린 양순이가 산토끼를 잡아 끓인 맛있는 국을 한 그릇 가지고 양지쪽 담장 밑으로 복이를 불러냈다.
 "복아, 이 국 함 무바라(한 번 먹어봐라), 지인짜 맛있데이."
 양순이가 복이에게 산토끼 국이 담긴 헌 스테인리스 국 대접을 내밀며 말했다.
 "우와, 이게 웬 국이고?"
 "울아부지가 새벽에 산에 가서 산토끼를 잡아왔다 아이가."
 "그라모 산토끼로 국을 끓인기가?"
 "하모. 지인짜 맛있데이. 함 무바라."
 양순이가 내민 산토끼 국에는 복이가 평소에 그토록 먹고 싶어 하던 하얀 쌀밥까지 잔뜩 말아져 있었다. 복이는 눈이 휘둥그레지며 금세 입안에 침이 가득 고였다.
 무, 대파, 마늘, 고춧가루를 넉넉히 넣고 끓인 산토끼 국은 둘이 먹다가 하나 죽어도 모를 정도로 정말 꿀맛이었다.
 "어떻노? 맛있재?"
 "응. 참말로 꿀맛이데이. 내 평생에 요래 맛있는 국은 처음 묵어본데이. 양순아, 요래 맛있는 국을 조서(줘서) 참말로 고맙데이."

"고맙기는. 우리는 친구 아이가."

양순의 말에 복이는 환하게 웃었다. 얼큰하고 시원한 산토끼 국을, 복이는 마파람에 게눈감추듯 순식간에 한 그릇 뚝딱 맛나게 해치웠다.

"양순아, 잘 뭇데이(먹었다)."

복이가 깨끗이 비운 빈 그릇을 양순에게 내밀며 말했다.

양순이가 빈 그릇을 받으며 슬금슬금 복이의 눈치를 살폈다. 복이는 뭔가 짐작이 가는 바가 있었지만 모른 척하고 물어봤다.

"와? 니 내한테 뭐 할 말 있나?"

"복아, 빈 분유 깡통 남은 거 혹시 없나?"

빈 분유 깡통은 복이 친구들이 소꿉놀이할 때 늘 눈독 들이며 한 개씩 달라고 노래를 불렀다. 양순이도 그 분유 빈 깡통이 갖고 싶은 것이다.

"세상에 공짜는 없다꼬 울 아부지가 늘 그랬으니까네 내가 특별히 양순이 니한테만 빈 통 한 개 주께."

"우와, 참말이재?"

"하모. 요기 기다리고 있어바라. 퍼뜩 가지고 나오께."

복이가 분유 빈 깡통 한 개를 가지고 나와서 양순에게 건네자 양순이는 세상을 다 얻은 양 좋아했다.

사는 형편이 복이네보다 훨씬 좋은 양순이는 복이가 준 그 분유 빈 깡통에 건빵이나 왕눈깔 사탕을 담아 다니면서 아이들이 자기 마음에 들게 할 때 크게 선심 쓰듯 하나씩 꺼내주곤 했다.

다 살림살이가 고만고만한 아이들은 평소엔 그런 색다른 군것질을 할 수 없었고, 그래서 양순이가 가진 군것질거리에 홀딱 넘어가서는 날마다 눈독을 들이며 양순에게 잘 보이고자 노력했다. 그것을 얻어먹으려고, 아이들은 눈물겹게 알랑방귀를 뀌어댔다.

그럴 때면 복이는 속으로 생각했다.

'아이구, 더럽어라. 머잖아 내 친부모만 찾으면 저따위 건빵이나 왕눈깔 사탕은 그야말로 새 발에 피가 될 끼다.'

양순이가 가지고 으스대는 건빵이나 왕눈깔 사탕보다 더 값지고 우아한 선물을 복이는 친구들에게 자주 후하게 나눠 줄 것이라고 날마다 속으로 속으로 다지곤 했다.

복이는 남달리 의지가 강했다. 어린 나이에도 열심히 걸음마 연습을 해서, 이제는 들이고 산이고 가리지 않고 잘 걸어다녔다. 그런 복이를 보면서 동네 어른들은 '저게 다 우전양반(양순 아버지) 작품'이라며 한마디씩 했다. 그 소리 들으면서도 복이 아버지는 속이 편치 않았다.

복이 나이 일곱 살. 복이는 처음 걸음마 연습을 할 때부터 마음

먹었던 일을 이제 실행에 옮길 때가 됐다고 생각했다.

복이처럼, 나름대로 자기 집에 불만이 많은 꼬마가 몇 명 있었다. 한두 살 어린 귀숙이, 양순이, 석바우, 그렇게 세 명과 함께 복이는 계획을 짰다.

아이들은 '친부모를 만나기만 하면 딴 세상이 기다리고 있을 것'이란 믿음으로 아침 일찍 길을 나서자고 약속했다.

거사를 앞두고 아이들은 모두 결의에 찬 표정으로 두 눈을 빛내며 힘있게 고개를 끄덕였다.

"그러면 만장일치로 결정된 일이니,"

"만장일치가 머꼬?"

"모두 뜻이 같다 이 말이다."

"우와아, 복이 니 참 똑똑하다. 만장일치라는 말은 한마음이라는 그 뜻이재?"

"그렇다, 내일 새벽 다섯 시에 모두 가천댁 우물 앞으로 모여라. 다들 시간 잘 지켜야 된다, 알았재?"

"응."

아이들이 모두 한목소리로 대답했다.

조무래기들은 드디어 친부모를 찾아 길 떠날 생각에 흥분되고 가슴이 설레었다. 영 잠이 오지 않았다.

꼬끼요!

새벽 네 시쯤 첫닭 우는 소리가 들렸다. 한 시간 후에 벽시계가 다섯 시를 알리자, 복이는 제일 먼저 가천댁 우물가로 갔다.

아직 새벽이라 사위는 희붐한데, 아침밥을 준비하려는 아낙네들이 물을 길으러 하나둘씩 우물가로 모여들었다.

"아이구 복이가 웬 일고? 니는 회사에도 안 가고 밥도 안 하면서 더 자지 뭐할라꼬 이래 일찍 일어나서 우물가에 나와 있노?"

양순 어머니였다. 슬하에 3남 2녀를 낳고 몸도 빼빼 마르고 얼굴도 쭈글쭈글해서 남편보다 한 십 년은 더 나이 들어 보이는 양순이 어머니였다. 그녀가 긴 두레박으로 우물물을 퍼 올리다가 말한 거였다.

"학교 구경 갈라꼬요."

복이는 엉겁결에 그렇게 대답했다.

"내년이면 핵교 갈 텐데 니는 핵교가 그래 가고 싶나?"

"예에."

"그래도 우리 양순 아부지 덕에 니가 이래 잘 걸어댕기니 내사마 을매나 좋은지 모리것다."

그녀는 쭈글쭈글한 얼굴이 환하게 펴지도록 웃으며 말했다.

"양순 아부지가 좋은 일 해서 틀림없이 복 마이 받을낍니더."

"우리야 괜찮다만 복이 니가 복을 마이 받아야재. 이름도 복이고 생긴 것도 복스럽게 생겼고, 그라이 복이 니는 마, 복 마이 받을끼다."

그 말에 벌써 많은 복을 받은 것 같아 복이는 기분이 좋았다.

양순이 어머니가 물동이를 이고 집으로 들어간 후 귀숙이, 양순이, 석바우가 우물가로 나왔다. 서로들 비밀스러운 눈빛을 교환한 후 얼른 그 자리를 떴다.

동구 밖에 있는 동숙이네 논 옆을 지나는데, 복이 아버지가 동숙이네 논에서 엎드려 새벽부터 피를 뽑고 있었다.

자박자박 도란도란 아이들이 지나가는 소리가 들리자 복이 아버지가 논에서 일어나 허리를 쭈욱 펴며 말했다.

"느그들 새벽부터 우~ 몰려서 어데 가노?"

"학교 구경 가요."

아이들이 일제히 대답했다.

"기운도 남아도는갑다. 그 먼 데까지 하릴없이 뭐할라꼬 가노? 쪼매 있으몬 날도 더워질 낀데 갔다가 날 덥기 전에 퍼뜩 돌아오너래이."

"예에."

아이들, 합창하듯 대답하자, 다시 허리를 굽혀 피를 뽑기 시작하는 복이 아버지.

학교가 있는 가찔에 도착하자 학교 앞에는 제법 큰 구멍가게가 세 개나 있었다. 아이들의 동네에는 조그마한 구멍가게 하나밖에 없어서 모두 눈이 둥그레졌다.
 미닫이 유리문으로 된 가게 안에 울긋불긋 각종 사탕과 과자가 즐비하게 쌓여 있어서 아이들은 군침을 흘렸다.
 "우와, 사탕도 많고 꽈자(과자)도 억수로 많데이. 저 왕눈깔 사탕 하나만 먹어보면 소원이 없겠데이."
 양 볼이 사과처럼 발그레한 석바우가 가게 유리문 안을 들여다 보며 말했고, 그 말에 아이들 모두 약속이나 한 듯이 군침을 꼴깍 꼴깍 삼키며 나도 나도 했다.
 "자꾸 쳐다보면 군침만 돌고 배고파지니까네, 퍼뜩 학교에나 들어가 보재이."
 복이 말에 아이들은 약속이나 한 듯이 와와와 함성을 지르며 한 달음에 운동장으로 달려 들어갔다. 넓은 운동장을 처음 보는 아이들은 마치 신대륙이라도 발견한 것 같았다. 똑같이 감개무량한 얼굴로 기뻐 날뛰었다.

 학교 안의 넓디넓은 화단에는 각종 나무와 초여름 꽃들로 가득 채워져 있었다. 해바라기, 다알리아, 마리골드, 봉숭아, 분꽃, 채송화 등등.

김윤진 실화소설 -복이

"야들아, 이거 뱀초(마리골드)아이가?"

노란색 주황색 마리골드꽃이 예쁘게 무리 지어 핀 걸 보고 복이가 소리쳤다.

"맞다, 뱀초다. 우리 집 꽃밭에도 이 뱀초꽃 피어 있다."

귀숙이가 맞장구쳤다.

"귀숙아, 느그 집에 꽃 많나?"

"억수로 많다. 우리 큰 언니한테 말하면 쪼매 나눠줄 끼다. 필요하면 나중에 와서 우리 큰언니한테 꽃 좀 달라캐 봐라."

복이 말에 귀숙이가 으스대며 대답했다.

"복아, 우리 집에도 꽃 많다. 나중에 내가 꽃 마이 줄끄마."

양쪽 볼이 사과처럼 붉고 예쁜 석바우가 말했다.

"참말가?"

"내가 언제는 거짓말하드나?"

복이의 거듭된 확인에 석바우가 새초롬하게 대답했다.

아이들은 새벽이슬을 맞아 싱그럽게 피어 있는 꽃에 정신이 팔려 시간 가는 줄 모르고 재잘거리며 꽃구경을 하고 있었다.

"야들아! 느그들 거기서 뭐하고 있노?"

어디선가 굵은 남자 목소리가 들려왔다. 아이들이 일제히 목소리 나는 방향으로 고개를 돌려 바라봤다. 학교에서 일하는 소사 아저씨였다.

소사 아저씨 손에는 청소도구가 들려 있었다. 소사 아저씨는 얼굴이 넙데데한 것이 한눈에 봐도 사람이 선해 보이고 잘 생겼다.

"아저씨, 안녕하신기요?"

인사성 밝은 복이가 먼저 꾸벅 인사를 했다.

"그래. 너 참 인사성 밝구나. 느그들은 처음 보는 아~들인데 어데서 왔노?"

"우리 아부지가 가정 1리 이장입니더."

복이는 대답 대신 묻지도 않는 말을 자랑스럽게 말했다. 소사 아저씨가 빙그레 웃었다.

"그래? 내 가정 1리 이장 잘 안다. 느그 아부지는 이 학교 교감 선생님하고도 친구 아이가. 그런데 야들아, 여기는 이래 일찍 뭐할라꼬 왔노?"

"학교 구경하러 왔니더."

복이가 명랑하게 대답했다.

"그래, 학교 구경 마이 했나?"

"예에."

"느그들은 어린 아~들이 참 잠도 없다. 잠이나 더 잘 일이재 뭐할라꼬 이래 일찍 학교 구경을 오노? 학교 운동회하는 것도 아인데……, 쪼매 있으모 학생 아~들 마이 몰려온다. 인자 마, 학교 구경을 실컷 했으모 퍼뜩 가거래이."

"예에."

아이들이 동시에 합창하듯 대답했다. 소사 아저씨는 청소도구를 든 채 학교 모퉁이를 향해 터벅터벅 걸어가고 있었다. 그는 앞모습만 선해 보이는 게 아니고 걸어가는 뒷모습도 선량하게 보였다.

"아이구, 큰일났다. 이러다가 우리 친부모도 못 만나고 하루해가 다 가겠데이."

문득 정신이 번쩍 든 복이가 그리 말하자 모두 제정신이 돌아온 표정으로 복이를 쳐다봤다.

나머지 아이들이 대답했다.

"퍼뜩 가자."

"그래, 퍼뜩 가자."

교문을 벗어나자 귀숙이가 미안한 표정으로 말했다.

"복아, 나는 슬슬 배가 고프기 시작한데이. 나는 배고픈 걸 도저히 못 참는데 친부모는 나중에 찾고 고마 집에 가서 밥이나 배터지게 묵을란다. 오늘은 느그들끼리 갔다 온나."

그러자 석바우도 '나도' 하면서 귀숙이를 따랐다.

"우와, 느그들 이래 나오면 배신이다 배신."

"배신이 뭐꼬? 배 탈 때 신는 신발이가?"

석바우가 돌아보며 물었다.

"바보야. 배신은 배 탈 때 신는 신발이 아이고, 약속을 밥묵듯이 저버리는 나쁜 인간들한테 붙이는 말이다."

약간 화가 난 복이가 말했다.

"그라모 우리가 나쁜 인간이가?"

귀숙이가 휙 돌아보며 화를 내며 물었다.

"머라꼬? 철석같이 약속해놓고 약속을 어기는 인간이 그라모 좋은 인간이가?"

"사람이 살다보모 사정에 따라서 이럴 수도 있고 저럴 수도 있재. 우리는 배고파서 집에 밥묵으러 간다 아이가."

"느그들 배만 배란 말이가? 우리들 배는 배 아이가? 우리도 배고프지만 참고 약속을 지키고 있다 아이가."

복이가 목소리를 높였지만 귀숙이도 지지 않고 대답했다.

"배신도 좋고 나쁜 인간이라캐도 좋데이. 우리는 집에 갈란다. 느그 둘은 친부모 만나서 맛난 음식 마이 얻어 묵고 오너래이. 가자, 석바우야."

그러고 석바우 손을 잡고 뒤도 안 돌아보고 뛰어가는 귀숙이.

뒤에 남은 복이는 화가 나서 씩씩대고 양순이는 황당한 표정으로 보고 있었다.

"우와, 뭐 저런 아~들이 다 있노? 그쟈? 우리 아부지가 저런

아~들하고 큰일을 도모하면 큰일난다 캤다."

"도모가 뭔데? 두부?"

"두부가 아이고, 기냥(그냥) 믿을 수 없는 인간들하고는 뭔 일을 같이 하지 말라는 뜻 아이가. 양순이 느가부지는(네 아버지는) 그런 말도 안 갈케 주시더냐?"

얼굴이 하얀 양순이가 방그레 웃었다.

복이는 양순이 얼굴을 걱정스레 들여다보았다.

"양순아, 니도 억수로 배 고프재?"

"어."

"울 아부지가 펭소에(평소에)자주 하시는 말씀이 있는기라. 고진 감래라꼬, 고생 뒤에 즐거움이 온다는 뜻이라카데. 우리가 오늘 친부모를 찾는다꼬 쪼매 고생을 하면 친부모가 우리가 한 고생에 대해서 백배로 다 갚아주신다 아이가. 양순아, 니는 할 수 있재? 배 고픈 거 쪼매 참을 수 있재?"

복이가 어른스럽게 묻자 복이보다 두 살 어린 양순이는 착한 얼굴로 고개를 끄덕였다.

"됐다. 니는 착하고 참을성도 있어서 이다음에 크게 성공할 끼다. 이제 퍼뜩 우리 갈 길로 가보재이."

복이는 어른스러운 결단을 내리고서 비틀비틀 앞장섰다.

교문을 벗어나자마자 양순이가 물었다.

"복아, 니는 우째 그래 유식하노?"

"우와, 유식이란 말 그거 어려운 말인데, 양순이 니가 내보다 더 유식하데이."

두 아이는 서로 얼굴을 들여다보며 까르르 웃었다.

"양순아, 우리 아부지가 성질은 쪼매 더럽어도 마이 배운 사람 아이가. 마이 배운 사람들은 보통 말할 때도 유식한 표시가 줄줄 흐르는 기라. 만날 보고 듣는 게 그 유식인데 내가 우째 안 유식해질 수 있겠노? 아이구, 마이 배우면 또 뭐하노? 양순이 느그 아부지처럼 인간이 먼저 돼야재."

"그럼 느그 아부지는 인간 아이고 개나 돼지가?"

양순이가 놀랍고 신기하고 궁금한 표정으로 물었다.

"인간처럼 생겼다꼬 다 인간이 아이라꼬 우리 엄마가 만날 얘기한 기라. 인간다운 인간이 참 인간이라 카데."

"참 인간이 뭐꼬?"

"쉽게 말하면 말다, 양순이 느그 아부지 같은 사람을 보고 참 인간이라카는 기다."

복이 말에 양순의 얼굴이 환해졌다.

"복아, 와 우리 아부지가 참 인간이고?"

"니도 참 답답다, 양순아. 내가 걸을 수 있도록 맨날맨날 연습 시키준 사람이 울아부지가? 느가부지가?"

"그거사(그거야) 동네 개들도 다 아는 일 아이가? 니를 요래 잘 걸을 수 있도록 해준 사람은 바로 우리 아부지재."

양순이가 어깨를 활짝 펴며 자랑스럽게 말했다.

"그래, 바로 그래서 느그 아부지가 참 인간인기라. 울아부지는 내가 방안에서만 뭉개고 있든지 말든지 신경도 안 쓴다. 느가부지가 내한테 걸음마 연습시킨다꼬 쓸데없는 짓 하지 말라카면서 오히려 느가부지를 말린 사람인 기라. 이런 사람을 참 인간이라고 할 수 있나? 양순이 니 생각은 우떻노?"

"참말로 느그 아부지가 그랬나?"

깜짝 놀란 양순이 믿을 수 없다는 표정으로 물었다.

"하모, 참말이재. 참말 아이모 와 우리 아부지를 냅두고 내캉 피도 살도 안 섞인 느그 아부지가 내한테 걸음마 연습을 시킸겠노?"

"아이구, 참말로 이상타. 복아, 내는 이 세상의 모든 아부지들이 다 울아부지처럼 착하고 자상하고 점잖고 친절한 줄 알았다 아이가."

"천만에 말씀 만만에 콩떡이다. 양순이 니는 참말로 복 많은 아~인 줄 알거래이. 내는 거짓말 하나도 안 보태고, 세상천지에 느그 아부지처럼 훌륭한 아부지는 없다꼬 생각한데이. 니 느그 아부지 딸로 태어난 걸 하늘에 감사해야 된데이."

양순이 행복한 얼굴로 고개를 끄덕였다.

"내가 시방 찾으러 가는 우리 친아부지도 아마 양순이 느그 아부지처럼 좋은 사람일 끼다. 친아부지를 찾기만 해봐라. 만날 나한테 화만 내는 울아부지는 그날부터 안 봐도 되능 기라. 그래도, 지금까지 내한테 밥 멕여주고 옷 입혀준 공이 있으니, 우리 친아부지 만나더라도 그 공을 생각해서 일러바치지는 않을끼다. 집에 있는 아부지가 내한테 함부로 대한 거 말이다."

"복이 니 참 착하데이."

"착한 기 아이고, 그기 바로 인간다운 인간인기라. 내는 비록 몸이 이렇지만은 인간다운 인간이 되고 싶은 기라."

"복아, 우리 아부지가 니는 몸은 불편해도 참 착하고 똑똑한 아~라고 펭소에(평소에) 늘 말씀하시더라."

"참말로 느그 아부지가 그런 말씀을 다 하시드나?"

"하모, 밥 묵을 때마다 하신다 아이가."

"우와, 내 칭찬해서 하는 말이 아이고, 느그 아부지 진짜 멋진 사람이데이. 그렇재, 멋진 사람이니까 내한테 걸음마 연습도 같케 주시고 그랬재."

복이와 양순이는 도란도란 얘기를 나누며 고천이라는 동네를 지났다. 고천을 지나고 현곡을 지나고 금장까지 오니 배도 고프고 목도 마르고 죽을 지경이었다.

어디 우물이 있나 찾아봐도 주변에는 넓디넓은 논만 펼쳐져 있었다. 복이는 바작바작 목이 탔다. 그래서 자기도 모르게 논 옆으로 흐르는 도랑으로 내려갔다.

"니 시방 거기는 뭐할라꼬 내려가노?"

더위에 지친 양순이가 물었다.

"내 목이 너무 타서 도랑물이라도 쪼매 마셔볼라꼬 그런다 아이가. 양순이 니는 거기 기다리고 있거래이. 내가 먼저 마셔보고 안 죽으모 그때 니도 마셔래이."

"그래, 알았다. 조심해라 니도."

복이는 두 손을 오목하게 오므려서 손으로 도랑물을 떠서 갈증이 해소될 때까지 마셨다. 갈증이 해소되자 환해진 얼굴로 양순이를 향해 어서 도랑으로 내려오라고 손짓했다.

양순이가 조심조심 도랑으로 내려와서는 걱정스레 묻는다.

"참말로 괜찮나 으이?"

"하모. 나도 안 죽고 요래 잘 살아있다 아이가. 퍼뜩 한 모금 마셔바래이."

도랑물을 실컷 마시고도 죽지 않은 복이를 보고 양순이는 안심했다. 비로소 용기를 얻어 조심스레 두 손을 오므려 도랑물을 마셨다. 기운 차린 두 아이는 금장을 벗어나 나원까지 갔고 경주 공설운동장까지 들어가 봤다.

"우와, 이 운동장 억수로 크데이. 아마 우리 친아부지 집 마당도 이렇게 클끼라."

복이의 말에 양순이가 까르르 웃었다.

"니 와 웃노?"

"복아, 니 친아부지 마당이 이래 크면 좋나?"

"하모. 클수록 좋재."

"마당이 크면 마당 쓸 때 고생한다 아이가."

"하하하. 친아부지 집은 억수로 부자라서 머슴들이 천지뻬까리로 많을낀데 뭐할라꼬 마당 쓰는 걸 걱정하노?"

"하하하. 복이 니 말이 맞대이. 복이 니 친아부지 집은 마당 넓어서 땅따묵기 놀이하기도 좋겠데이."

"하모, 하모."

두 아이는 넓디넓은 공설운동장 안에서 이리 뛰고 저리 뛰어 보기고 운동장에 누워서 뒹굴어보기도 했다.

"복아, 오늘은 나원까지만 오고 다른 동네는 나중에 다시 가재이. 내는 이자 고마 배고프고 지쳐서 더는 못 가겠데이."

"그래, 내도 배고파 죽겠데이. 우리 오늘은 고마 집에 가도록 하재이."

갔던 길을 되돌아 올라오고 있었던 두 아이는 학교 앞에 있는 가찔까지는 겨우 버티고 왔다.

어찌어찌 젊은 과부인 영희 엄마가 운영하는 신발가게 안으로 들어가긴 했는데, 때마침 고무신 냄새가 엄습하였고, 둘 다 픽 쓰러져버렸다. 그리고 눈을 떠보니 집이었다.

하루 진종일 빈속에다 더위를 먹고 지친 두 아이가 영희네 마루에 쓰러져 있는 걸 영희 엄마가 발견했고, 마침 지나가던 동네 아이를 시켜 연락했고, 양순이 아버지가 헐레벌떡 리어카를 가지고 왔으며, 그리고 까무룩 정신 놓은 두 아이를 집까지 실어왔다.

그날부터 두 아이는 더위 먹은 일로 한 일주일을 고생했다. 복이 엄마는 이른 새벽에 삼베를 들고 벼논에 들어가서는, 벼줄기에 묻은 새벽이슬을 삼베에 받아 그 물을 복이에게 마시게 했다. 더위 먹은 데는 그 물이 비방이라는 것이었다. 하지만 소용없었다. 두 아이는 머리가 터질 듯이 아팠고, 연신 꽥꽥, 구토를 할 듯 말 듯 하면서도 정작 토하지는 못했다. 그렇게 더윗병이란 게 일주일 내내 아이들을 괴롭혔다.

식구들 모두 일 나가고 집안에 아무도 없을 때였다.
복이 아버지는 소가 먹을 풀을 한 망태기 베어다 놓고 골칫거리 셋째 딸 복이를 보았다. 더윗병에 들어 머리방에 홀로 누워서는 오리처럼 꽥꽥거리는 복이. 복이 아버지 원탁 씨는 불끈 화가 치밀었다. 그는 장독대 소금항아리로 가서 소금을 한 줌 집어 왔다. 그리고 복이 입에다 강제로 처넣으며 말했다.

"병신이 육갑해도 분수가 있지. 대체 이기 뭐하는 짓고 으이? 주는 밥이나 받아 처묵음서 집안에 가만히 처박혀 있을 것이재, 와이래 힘들게 하노? 너 같은 건 고마, 차라리 죽어삐라."

아버지의 처사가 너무 야속하고 서러워서, 복이는 입안에 빽빽이 들어찬 소금을 웩웩 뱉어내며 엉엉 울었다.

"퍼뜩 아가리 안 닫나? 뭐 잘한 기 있다꼬 아가리 처벌리고 우노? 앞으로 한 번만 더 이런 짓거리 해서 어른들 욕 먹이모, 니는 마, 이 집구석에서 쫓겨날 줄 알거래이."

잔뜩 화가 난 아버지의 말에 복이는 맘대로 울 수도 없었다. 울음을 속으로 속으로 삼키며 '지금은 힘이 없으니, 내 젊고 아부지 니 늙을 때 보자'라고 다짐을 하며 서러움과 분노를 가라앉혔다.

고민하던 복이 엄마는 장날을 택해 셋째딸 약을 구하러 갔는데, 그 당시 귀하디 귀한 수박과 얼음을 사 온 거였다. 그렇게 얼음 수박화채를 먹이자 복이는 씻은 듯이 더윗병을 물리치고 자리에서 일어났다. 그 시기, 양순이도 일어났다. 얼음 수박화채를 먹고.

친부모 찾기 여행에서 고생을 너무 심하게 하여 더윗병에 걸렸던 일은 큰 사건이었다. 그 후로 두 아이는 마치 약속이나 한 듯이 친부모 찾겠다는 말에 대하여 입도 뻥긋하지 않았다. 삼 동네 시끌벅적하게 했던 친부모 찾기 대소동은 그렇게 막을 내렸다.

그해 겨울이 가고 봄이 왔다. 복이는 드디어 꿈에도 그리던 국민학교(초등학교)에 입학했다. 학교생활이 너무 기쁘고 즐거워서 복이는 하루하루가 너무 행복했다. 귀숙이, 석바우, 양순이를 만나면 언제나 학교자랑을 하며 신이 나서 학교 얘기를 들려주었다. 애들은 침을 삼키며 어서 커서 학교에 가야지하고 말했다.

집에서도 학교 놀이, 담장 밑에서도 학교 놀이, 산에 가서도 학교 놀이, 들에 가서도 학교 놀이를 하며 놀았다. 언제나 선생님 역할은 먼저 학교에 들어가 학교에 대해서 잘 아는 복이가 맡았다.

학교놀이를 하며 연극을 하며 소꿉놀이를 하며 그렇게 아이들은 즐거운 시간을 보냈다. 봄에는 산에 가서 진달래를 따먹고 여름에는 직천댁 집 앞 농수로에서 수영을 하고 가을에는 뒷산에 가서 떨어진 밤을 주워 먹고 겨울엔 앞 냇가에서 스케이트를 타며 아이들은 즐거운 유년을 보내고 있었다.

학교에 입학하고 얼마 지나지 않아 작은 사건 하나가 터졌다.

복이가 학교 우물에서 물을 마시려고 하는데, 선배 남학생 한 명이 복이의 걸음걸이를 흉내내며 놀려대기 시작했다. 복이는 잠시 생각했다.

'내가 앞으로 6년 동안 이 학교를 다녀야 되는데, 이런 꼴을 당할 때마다 가만히 참고 있으면 저놈들은 나를 지 밥으로 생각하고 계속 놀려대겠지? 이런 놈들은 초전박살을 내놔야지. 그래야 앞으로 6년 학교생활이 편해지겠지?'

이런 결론에 도달하자마자 복이는 신고 있던 검정 고무신을 벗었다. 그리고 남학생의 얼굴을 사정없이 후려갈겼다. 순식간의 일이었다. 남학생 두 콧구멍에서 쌍코피가 줄줄 흘러내렸다.

코피를 본 남학생은 겁을 집어먹어 울음을 터뜨렸고, 그것을 본 다른 남학생이 교무실로 달려가 이 상황을 보고했다. 복이는 자기를 놀린 남학생과 둘이 같이 교무실에 불려가게 되었다. 복이 담임선생님께서는 이 상황을 육하원칙에 의해 설명해보라고 하셨다.

복이는 우물가에서의 일을 차분하게 설명하자, 담임선생님이 말씀하셨다.

"너는 선배로서, 몸이 불편한 후배가 있으면 마땅히 보호해주고 도와줘야 하거늘 어찌 후배의 아픈 곳을 놀려댔단 말인가? 부끄럽지도 않으냐? 복이에게 정중히 사과해라. 앞으로 이런 일이 한 번 더 발생하면 가만두지 않겠다. 얼른 사과해라."

그래서 선배 남학생은 복이에게 정중하게 사과했다.

복이는 먼저 누구를 공격하고 건드리는 일은 없었다. 그러나 자신이 부당한 대우를 받는 것은 용납하지 않았다. 자신을 까닭 없이 괴롭히는 사람이 있으면 지구 끝까지라도 쫓아가서 반드시 응징하겠다는 것이 복이의 생각이었다.

복이가 3학년 때 추운 겨울 등굣길이었다. 걸음걸이가 느린 복이는 언니랑 남동생이랑 함께 등교하지를 못했다. 그래서 혼자 뒤처져서 비틀거리며 등교하고 있었다.

마룡굴이라는 아랫마을에 도착했을 때 네댓 명의 선후배 학생들이 재잘거리며 동네 입구로 나오고 있었다. 혜경 언니와 같은 반인 6학년 동옥이었다. 그들은 혼자 느릿느릿 등교하는 복이를 발견했고, 발견하자마자 다짜고짜 살얼음 낀 논바닥으로 확 떠밀어버렸다. 1미터는 족히 넘어 보이는 논둑 아래로, 복이는 속절없이 떠밀려 나동그라졌다. 짜악! 살얼음이 깨지면서 날카로운 칼날이 되어 복이에게 덤벼들었다. 따다닥, 이가 마주쳤다, 바들바들 떨리게 시린 얼음물에 엉덩이와 바지가 몽땅 젖어버렸다. 그러나 복이는 절대로 당황하지도 울지도 않았다. 대신 조용히 생각했다.

'내가 이런 억울한 일을 당하고도 가만히 있으면 앞으로도 똑같은 꼴을 또 당하겠지? 악은 반드시 응징해야 한다. 지도 사람이

니 한 번은 소변 보러 화장실에 오겠지? 나는 걸음이 느리니 도저히 따라잡을 수는 없고, 대신 화장실에 숨어서 범인이 사정거리 안에 들어올 때까지 기다릴끼다. 그래서 머리채를 나꿔챌끼다. 등곳길에 부린 행패에 대해 정중하게 사과를 받아야겠다.'

한번 마음먹은 일은 반드시 실행하는 아이가 복이였다.
그래서 지독한 냄새가 폴폴 풍기는 재래식 여자 화장실에 끈질기게 숨어있는 복이. 동옥이가 소변보러 나타날 때까지 무한 인내심으로 기다렸다. 마치 거미가 거미줄에 먹이가 걸려들 때까지 숨죽이고 기다리는 것처럼 복이도 그렇게 기다렸다. 그 시간이 꽤 길었지만 복이는 끈질기게 기다렸다. 지독한 암모니아 냄새를 잘도 견디며 동옥이를 기다렸다.
마침내 동옥이가 들어오고 있었다. 친구들과 재잘거리며 화장실로 들어오는 소리가 들렸다. 복이는 심호흡을 했다. 드디어 동옥이가 사정거리 안에 왔을 때, 복이는 화장실 문을 왈칵 열었고, 여는 동시에 잽싸게 동옥이의 머리채를 낚아챘다.
동옥이는 화들짝 놀랐다. 엉겁결에 당한 일이라 어찌할 바를 모르고 "내 머리, 머리 좀 놓아라!" 하고 빽빽 소리만 치다가 나중에는 소변부터 먼저 보자고, 조용히 얘기하자며 통사정했다.
"안 돼! 니가 아까 내게 저지른 잘못을 정중하게 사과하기 전까지는, 절대로 이 손을 놓을 생각이 없데이. 니가 오줌을 바지에 싸든지 말든지 그것은 내 알 바 아이다."

기어이 바지에 오줌을 싼 동옥. 창피하기도 하고 차갑기도 하고 미칠 것 같은지 엉엉 울음을 터뜨렸다.

옆에 있던 친구들이 동옥이의 담임선생님과 복이의 담임선생님을 모셔왔고, 동옥이와 복이는 나란히 교무실에 불려갔다.

복이의 담임선생님이 복이에게 물었다.

"왜 너는, 하늘같은 선배에게 그런 일을 저질렀나? 육하원칙대로 설명해봐라."

복이는 전혀 흔들림 없이 차분하게 설명했다. 아무런 잘못도 없이 동옥이에게 당했던 일을 설명했다.

동옥이의 담임선생님이 있는 자리였지만 아무 말이 없었고, 복이 담임선생님은 대번에 눈꼬리를 치켜올렸다. 그리고 동옥이를 향해 낮지만 근엄한 목소리로 물었다.

"이동옥, 복이가 방금 한 말이 모두 사실이야?"

동옥이는 고개를 끄덕이며 울음을 터뜨렸다.

"이동옥, 부끄럽지 않으냐? 몸이 불편한 후배가 있으면 도와주고 보호해주는 게 선배가 할 일이지 너는 어찌하여 복이를 괴롭혔느냐? 복이에게 정중히 사과하고, 오늘 이 자리에서 모두가 보는 앞에서 약속해라. 앞으로는 복이를 누가 놀리거나 괴롭히는 학생들이 있으면 이동옥 네가 나서서 적극적으로 도와주고 보호해 주거라. 선생님이 지켜보고 있겠다. 약속할 수 있지?"

"네, 그렇게 하겠습니다."

동옥이는 기어들어가는 목소리로 대답했다.

"좋아. 동옥이는 복이에게 먼저 정중하게 사과하고, 둘이 화해의 악수를 한 뒤 각자 교실로 돌아가도록 해라."

그날 저녁 복이네 가족이 둘러앉아 저녁 식사를 할 때였다. 동옥이와 한 반인 혜경이 언니가 아침에 학교에서 있었던 그 사건을 입에 올리며 불평했다.

"앞으로 복이 때문에 쪽팔려서 학교 못 다니겠니더."

복이는 아침 등굣길의 사건을 가족들에게 설명했고, 복이의 큰오빠가 박수치며 말했다.

"부라보! 우리 복이 아주 잘했데이! 앞으로도 너를 놀리거나 너에게 부당하게 대하는 학생들이 있으면 오늘처럼 그렇게 너 자신을 지켜래이. 정글 같은 세상에서 아무도 복이 너를 지켜줄 사람이 없다 아이가. 너 스스로 너를 지키고 너 스스로 힘을 길러래이. 상대가 힘이 너무 강하고 너는 힘이 부족하면 불독처럼 물고 늘어지면서 끝까지 너 자신을 지켜 내거래이. 가족들이 일일이 뒤따라다니며 복이 너를 지켜줄 수는 없다 아이가. 내 말 명심 해래이. 하늘도 스스로 돕는 자를 돕는다 카더라."

'큰오빠는 역시 내 편!'

큰오빠가 복이의 편을 들어주자 복이는 기분이 좋았다.

그 뒤로 동옥이는 복이 담임선생님의 말씀을 그대로 따랐고, 다시는 복이를 괴롭히는 일이 없었다. 그뿐 아니라 복이에게 매우 친절하고 다정하게 잘 대해주었다.

그날 이후로 이 일이 학교 전체에 소문이 나서 아무도 함부로 복이를 놀리거나 건드리는 일이 없었다.

어느 날 하교할 때, 뒤에서 어떤 남학생이 말하는 소리가 또렷이 복이 귀에 들어왔다.

"야들아, 복이 저 가시나 아부지가 전직이 형사라카더니만, 저그 아부지를 닮아서 화장실에 잠복근무가 전문이라카더라. 저런 가시나는 건드리면 본전도 못 찾는데이. 느그들도 절대로 저 가시나는 건드리지 마래이. 선생님들도 모두 저 가시나 편이데이."

칠월 한낮의 땡볕이 쨍알쨍알 이글거리고 있었다.

복이, 관식이, 현준이, 형식이, 귀숙이, 석바우, 양순이 등 조무래기 아이들이 우루루 몰려들었다. 구절양장으로 펼쳐진 논둑길 사이로 난 오솔길을, 일렬종대로 서서 노래 부르며 흥겹게 걸어가고 있었다.

　　빼빼 말라라
　　빼빼 장구 말라라

　검정 고무신을 벗어 귀에다 대고는 마치 휴대 전화기로 전화를 하듯이, 아이들은 이 알 수 없는 두 줄 노래를 반복해서 부르며 직천댁 집 앞에 있는 농수로를 향해 걸어가고 있는 중이었다.
　"안녕하신기요?"
　동네 어른이었다. 싸리나무로 엮은 지게에 소 먹일 풀을 베어 한 짐 가득 지고 가는 어른이었다. 아이들은 일제히 고개 숙여 인사했다.
　"오이야, 그래. 아이구, 야들아! 더위 묵으면 우짤라꼬 이 땡볕에 뭐할라꼬 이래 싸돌아댕기노? 시원한 나무 그늘에서 소꿉놀이나 하고 놀지."
　"너무 더워서 멱 감으러 가는 중입니더."
　관식이가 대표로 대답했다.
　"덥다꼬 물에서 너무 오래 놀면 안 된데이. 적당히 놀고 집에 들 가거래이."
　"예에."

아이들은 너도나도 앞다투어 대답했다.

 김씨, 박씨, 이씨, 최씨가 많이 살았던 복이의 동네는 큰 저수지 아랫마을이었고, 대부분 논농사나 밭농사를 짓고 있었다.
 부농 김씨 댁에 얼굴이 작고 동그라며 피부색은 가무잡잡하고 키가 날씬한 중키 정도의 머슴이 하나 살고 있었다.
 그 머슴을 마을 사람들은 그냥 부르기 좋게 사이상(サイさん)이라고 불렀다.
 '사이상'은 우리말로 '최씨'라는 뜻이다.
 그 시절엔 사람들이 그 머슴을 왜 그렇게 부르는지 복이는 정확하게 알지 못했다.
 어른들이 '사이상, 사이상' 하니까, 마을의 꼬마들도 전부 그 머슴을 '사이상, 사이상' 하고 불렀다.
 인상 좋고 사람 좋은 사이상은 꼬마들이 '사이상, 사이상' 하고 불러도 '어, 그래' 하고 기분 좋게 대답은 해줄지언정 생전 화 한 번 내는 법이 없었다.
 사이상은 부농 김씨 댁 사랑채에 딸린 머슴들의 방에 기거하고 있었다. 그는 새경(품삯)에도 관심이 없었고, 그저 철 따라 바꿔 입을 옷 한 벌과 제때 배부르게 밥만 주면 다른 욕심을 더 내지 않는 순박하고 착한 사람이었다.

원래 머슴들이 다 그런지, 사이상은 잔꾀 한 번을 부리지 않고 새벽이면 일어나서 지게를 지고 산으로 들로 다니며 부지런히 일했다. 일하다 캄캄해지면 밥을 먹고 잠자리에 들곤 했다.

 칠월의 무더운 여름날 오후. 예닐곱 살 먹은 고만고만한 사내아이 계집아이-복이까지 포함해서-예닐곱 명이 저마다 검정고무신을 벗어서 귀에다 대고 누가 지었는지는 확실히 모르는 노래를 불렀다.

빼빼 말라라 빼빼 장구 말라라

 그런 짧은 노래를 반복적으로 신나게 부르며 가르마 같은 논둑길을 따라 물이 지천으로 흘러넘치는 농수로(저수지 수문을 활짝 열어두는 날이면 농수로에는 많은 물이 흘러내려온다)를 향해 1열 종대로 서서 가고 있었다.

 동네 꼬마들이 신나게 노래를 부르며 농수로를 향해 다가가는데, 때마침 사이상이 홀로 목욕을 즐기고 있었다. 지게에다 풀을 한가득 채워서 지게 작대기로 받쳐 논둑에 기대놓고, 부지런히 몸을 씻고 있었다.

 멋모르고 지나가던 꼬마들은 그저 '사이상'을 만난 게 반가워서 죽은 조상이라도 살아 돌아온 양 반갑게 소리소리 지르며 '사이상이다! 사이상, 사이상' 하며 사이상을 향해 달려갔다.

동네 꼬마들을 본 사이상이 멈칫하였다. 그는 여유만만하게 즐기던 목욕을 포기해버렸고, 자기가 벌거숭이인 것도 자각하지 못했는지, 얼른 물 밖으로 나와 논둑에 섰다.

그 순간 아이들이 하나같이 놀라 입을 크게 벌렸다. 눈길은 죄다 사이상의 아랫도리에다 집중하고서 입을 하아 벌렸다. 모두 넋 나간 표정으로 사이상을 바라보고만 있었다. 꼬마들 전부 여섯 또는 일곱 평생에 그렇게 크고, 길고, 굵고, 검은 남자 어른의 거시기를 처음 보았던 것이다.

아이들 모두 입을 크게 벌리고 놀라는 단체 사진 같은 화면에서 정지되는가 싶더니, 이윽고 그중에서 가장 짓궂은 사내아이 하나가 놀라움을 금치 못하는 얼굴로 입을 열었다.

"우와! 사이상 고추 크다!"

그날 이후로 동네 꼬마들의 노래 가사가 달라졌다. 검정 고무신을 귀에 대고 불러대던 '빼빼 말라라, 빼빼 장구 말라라' 는 노래가 이렇게 변한 거였다.

사이상 고추는 말 고추

사이상 고추는 세상에서 가장 큰 고추
　　사이상 고추는 억수로 커

　누가 먼저 지었는지도 모를 이 세 마디의 노래를 낮이나 밤이나 부르며 동네 골목이나 논두렁 밭두렁을 온통 휘젓고 다녔다.
　지나가던 어른들은 낯 뜨겁기 짝이 없는 이 노래를 듣고는 아이들을 나무랐다.
　"예끼, 이놈들. 너희들이 사이상 고추를 봤냐? 무슨 그런 해괴한 노래를 부르며 다니냐?"
　"봤니더, 우리가 저쪽 농수로에서 분명히 우리 두 눈으로 사이상 고추를 똑똑히 봤니더."
　한 꼬마가 그렇게 대꾸하자, 같이 있던 꼬마들이 까르르 웃었다.
　"예끼, 이놈들! 아무리 봤어도 그렇지. 어른을 놀리면 못쓴다. 다시는 그런 노래 부르지 마라."
　어른들이 호통쳐도 소용없었다. 본시 아이들의 눈과 입은 막을 도리가 없다. 아이들은 한동안 스스로 흥미를 잃고 지칠 때까지 그 이상한 노래를 부르며 동네를 휘젓고 다녔다. 그러다 새로운 흥밋거리가 나타나자마자 어느새 새카맣게 잊어버리게 되었다.

복이가 귀숙이, 석바우, 양순이와 함께 버드나무집 도순이네 집 앞 냇가에서 나무로 만든 앉은뱅이 스케이트를 타고 있었다.

바로 그때, 복이 아버지 김원탁 씨가 나타났다.

갈색 중절모에 하얀색 두루마기를 입고서 지인 잔치에 다녀오던 참이었던 그는 얼굴을 잔뜩 우그러뜨렸다. 아이들과 함께 신나게 앉은뱅이 스케이트를 타고 노는 복이를 보았기 때문이었다.

불뚝불뚝 화를 내며 성큼성큼 얼음이 두껍게 언 냇가로 내려간 원탁 씨. 그는 신나게 스케이트를 타고 노는 복이를 확 잡아 거칠게 일으켰고, 냇가의 평평한 바위에 앉혔다. 그리고 주변에서 놀고 있는 둘째 딸 혜경에게 말했다.

"혜경아, 퍼뜩 집에 가서 새끼줄 갖고 오너라."

아버지의 명령을 거역할 수 없어서, 혜경은 한달음에 집으로 달려가서 새끼줄을 들고 왔다. 아버지 김원탁 씨는 둘째 딸에게서 새끼줄을 확 나꿔챘고, 그리곤 셋째 딸 복이를 큰 돌과 함께 꽁꽁 묶어버렸다.

"지 주제도 모르고 날뛰는 니는, 니가 좋아하는 얼음판에서 이 대로 묶인 채 꽁꽁 얼어 죽어라. 느그들 아무도 복이를 풀어주지 말거래이. 풀어주는 사람이 있으모 내한테 혼날 줄 알거래이."

얼음지치기를 하고 노는 많은 아이들에게 엄포를 놓고서, 복이 아버지는 몹시도 화난 걸음걸이로 두루마기 자락을 휘날리며 집으로 가버렸다.

 얼음판 돌 위에 새끼줄로 꽁꽁 묶여 있는 복이를, 아이들은 처음엔 모두 구경했다. 동정 어린 눈빛으로 힐끔힐끔 보며 구경만 하더니, 그것도 시들해지자 각자 스케이트 타느라 정신이 없었다. 복이는 자기가 몇 시간을 얼음판 돌 위에 묶여 있었는지 어림잡을 수도 없었다. 그러나 속으론 후회했다. 일곱 살 그 여름날에 친아버지를 끝까지 찾지 않았던 것을 입술을 깨물며 후회했다.

 어둑어둑 어둠이 몰려오기 시작했다.
 하나둘 일터에서 돌아온 엄마들이 아이들을 부르기 시작했다. 온 동네가 저녁밥 먹으라고 외치는 소리로 가득찼다.
 아이들이 자기 엄마의 목소리를 듣고 하나둘 집으로 다 들어가고 나중에는 복이 혼자 어둠 깔린 겨울 냇가 커다란 돌에 꽁꽁 묶여 있었다. 질끈 아랫입술을 깨문 채, 복이는 눈물을 삼켰다.
 그동안 아버지의 구박이 무수히 떠올랐다.
 '하지만 오늘 이 일만은 그냥 못 넘겨. 친아버질 만나면 반드시 일러 줄 거야. 저 못된 가짜 아버지를 혼내줄거야.'

 텅 빈 시냇가 차가운 돌 위에 새끼줄에 묶여 홀로 앉아 있는 복이는 춥고 배고프고 무서웠다. 하느님은 도대체 이럴 때 뭐하고 계시는지 복이는 참으로 궁금했다. 저렇게 나쁜 가짜 아버지에게 왜 벌을 안 내리시는지, 어린 복이는 하나님 마음을 도무지 이해할 수 없었다. 제발 저 나쁜 아버지 좀 잡아가시라고 하나님한테도 빌고 부처님한테도 빌었다.

 복이가 속으로 연신 빌고 있는데 혜경 언니가 혼자 몰래 살금살금 와서 묶인 새끼줄을 풀어주었다. 혜경이는 복이 손을 잡고 누가 보는 사람이 없는지 두리번거렸다. 혹시나 아버지가 뒤따라온 건 아닌지, 잠시도 경계심을 놓지 않고 주변을 살폈다. 그러며 복이 손을 잡고 가천댁 골목으로 데리고 갔다.

 "복아, 미안하데이. 언니가 진작 와서 니를 구해조야 되는데 아부지 눈치 보느라고 이제사 왔데이. 요기서 꼼짝하지 말고 이 주먹밥 묵고 있어라. 아부지 잠들면 데리러 오게. 니도 그때까지 얼어 죽으모 안 되니까 이 작은 이불 잘 덮고 있거래이. 절대로 잠들어뿌리면 안 된데이. 알았재?"

 혜경 언니는 가지고 온 작은 이불을 복이에게 둘러 씌워주며 복이를 위로했다.

 "복아, 니가 아부지 잘못 만나 이런 걸 누구를 원망하겠노. 다 니 팔자가 더럽어서 그렇다고 생각하고 마음 단단히 묵고 있어라.

이 주먹밥은 급하게 묵지 말고 천천히 꼭꼭 씹어 묵어야 된데이. 알았재?"

"알았다. 언니야. 내 오늘 언니의 이 은혜는 죽는 날까지 절대로 안 잊어버리께."

"가시나가 지랄한다. 형제간에 은혜는 무슨 은혜고? 당연한 일이재."

"언니야. 내 우리 친아부지 만나면 언니가 내 생명을 구해줬다꼬 꼭 얘기해줄끄마. 혜경이 언니는 내한테 친절하게 잘 해줬다꼬. 그라모 우리 친아부지가 언니야 한테 많은 상을 내려주실끼다."

방그레 웃음을 머금은 채 동생 복이의 머리를 쓰다듬어준 혜경이 집으로 돌아갔다.

바람이 쌩쌩 부는 추운 겨울, 가천댁 골목에 숨어서 다 식어버린 주먹밥을 먹으며, 복이는 춥고 외롭고 서러워 하염없이 눈물을 쏟았다. 눈물 젖은 주먹밥을 먹었다.

하루빨리 부자인 친아버지를 만나야 이 모든 억울한 일을 풀 수 있을 것 같았다.

가슴에 시꺼먼 멍을 안은 채 그 겨울이 그렇게 지나갔다.

복이네는 빚을 많이 지고 부산으로 이사 가는 필숙이네 집을 싼

가격에 샀다. 윗말에서 아랫말로 이사한 것이다.

 필숙이네 집은 마당도 넓고 기와집에다가 대문 입구에서부터 뒤란으로 일곱 그루나 되는 아름드리 감나무들이 한 바퀴 멋지게 에워싼 것이, 마치 군사처럼 집을 지키고 있었다.

 장독대 옆에는 등나무처럼 가지가 서로 배배 꼬인 사철나무도 있었고 석류나무도 있었고 무궁화 꽃나무도 있었다.

 마당이 넓어서 꽃밭은 얼마든지 만들 수 있을 것 같았다.

 필숙이네 집으로 이사 온 게 복이는 정말 좋았다.

 '이 정도로 넓은 집이라면 내가 원하는 대로 꽃밭을 만들 수 있을 것 같다.'

 무한정 기쁘고 행복했다. 더구나 윗말에 살 때는 한 그루도 없었던 감나무가 집안에 일곱 그루나 있어 말할 수 없이 좋았다.

 앞집 향아네 집과의 경계선 안쪽에 우물도 하나 있었는데, 황토물에 물맛까지 안 좋다고 얼마 전에 메꾸어 버렸다고 한다.

 '아깝다! 생각도 없이 메꿨다고?'

 가천댁 우물을 많이 부러워했던 복이, 집안에 우물이 있으면 꽃밭에 물 주기도 편리할 거라는 데에까지 생각이 미치자, 발을 동동 구를 정도로 안타까웠다.

 향아네 집 경계선 쪽에 키가 크고 굵은 가중나무가 한 그루 서 있었다. 아버지는 그 나무를 베어 잠실 짓는데 사용할 거라고 했다.

'나물이 얼마나 맛있는데 가중나무를 베어 버려?'
미웠다, 가짜배기면서 진짜처럼 구는 아버지가 얄미웠다.

셋째 딸 복이가 자기를 미워하거나 말거나, 아버지는 원래 계획대로 가중나무를 베어 잠실 짓는 데 대들보로 사용했다. 크고 멋진 잠실이 완성되었다. 일테면 동네에서 제일 큰 집, 큰 방이 된 것이다.

잠실은 기와집 한 채가 통째로 방 한 칸의 형태를 갖춘 긴 방이다. 여름에는 잠실 전체에 모기장을 쳤다. 그리고 창문을 다 열어 놓고 온 식구가 거기서 잤다. 참으로 크고 널찍하며 시원하였다.
해마다 가을 추잠(가을누에치는 일)이 끝나면 잠실은 곡식 가마니와 고구마 보관 창고로 사용되었다.

필숙이네 집으로 이사 온 그다음 해 봄이었다.
아침밥을 먹으며 복이가 꽃밭을 만들고 싶다고 얘기했더니 아버지가 천둥 같은 소리로 뽕뽕 뽕 방귀를 뀌며 벌컥벌컥 화를 냈다.
다른 때 같았으면 구수하고 듣기 좋은 방귀 소리였겠지만, 분위기가 분위기인 만큼, 그 소리마저도 얄미웠다.
"타작도 하고 짚 볏가리도 쌓아야 되는데 꽃밭을 만들다니 택도 없는 소리 하지도 말거래이."

아버지 지엄한 말씀에 식구들 모두 눈치만 볼 뿐 누구 하나 군소리가 없었다.

복이는 마음에 한 가지 결심을 했다. 단식투쟁을 하리라고 다부지게 마음먹은 것이다.

'해 보자! 내가 밥을 굶어 죽어 나자빠져도 저 고약한 가짜 아부지가 꽃밭을 못 만들게 하나 두고 보자꼬.'

그날 점심부터 복이는 안채 중간에 있는 복판방에서 단식투쟁에 들어갔다. 온 가족이 둘러앉아 밥 먹는 자리에서 미리 선언해놓았다. 꽃밭 만드는 걸 허락하기 전에는 밥을 먹지 않겠노라고…

복이가 단식투쟁을 한 지 하루가 흘렀다. 복이의 고집은 참으로 대단했다. 말리다 말리다가는 도저히 말릴 수가 없어서 식구들이 모두 포기했다.

깊은 밤, 복이 엄마 김옥연 씨가 남편 설득 작전을 펼쳤다.

"복이한테 꽃밭을 맹글게 하락해주입시더. 저 외롭고 불쌍한 것이, 꽃이라도 키우면서 마음을 거기다 줄라꼬 그라는 모양인데 마당도 운동장만큼 넓은데, 고마마, 꽃밭 맹글으라고 고마 허락해 주입시더."

"어허이, 택도 없는 소리!"

김원탁 씨는 일언지하에 아내의 말을 잘랐다.

하루가 또 그렇게 지나갔다.

복이가 단식투쟁을 시작한 지 사흘째 되는 날 오후였다.

복이 아버지 김원탁 씨가 복판방 문을 탕탕 두드렸다.

"복아, 내가 니한테 졌데이. 그라이께네 복이 니 마당에 함 나와봐라. 니가 좋아하는 꽃밭 맹글어 놨데이."

천지가 개벽할 일이었다.

복이는 귀가 번쩍 뜨여 발칵 문을 열고는 맨발인 채 마당으로 내달았고, 두 눈이 휘둥그레졌다.

향아네 집 경계선 안쪽부터 시작해서 화장실 앞 경계선까지 울타리, 싸리나무 울타리가 꽃밭을 에워싸고 있었다.

"우와. 진짜 꽃밭이다. 아부지, 고맙심니더. 진짜로 고맙심니더."

"니가 밥도 안 묵고 참말로 굶어 죽을까봐 걱정이 돼서 아부지가 산에 가서 낫으로 싸리나무를 한 짐 베어왔다. 아부지가 직접 꽃밭을 맹글었는데, 우떻노? 맘에 드나?"

"예에. 지 마음에 쏘옥 듭니더. 고맙심니더, 아부지."

"이자(이제)부터 아부지 안 미워할끼재?"

"헤헤헤. 하모요. 이자부터 아부지 참말로 안 미워할낍니더."

"하나님과 부처님, 여러 신과 귀신들한테 퍼뜩 우리 아부지 좀 잡아가라고 안 빌 끼재?"

"헤헤헤. 그걸 아부지가 우째 알았능기요? 지 맘속으로만 빌었는데."

"내가 니 마음속까지 다 들여다보고 있능기라. 이자(이제) 꽃밭을 요래 멋지게 맹글어놨으니까 복이 니가 요런조런 꽃들로 멋지게 꽃밭을 채워봐라."

그러며 빙그레 웃는 김원탁 씨, 복이는 마치 딴 사람을 보고 있는 것 같았다. 그러면서 속으로는 걱정되었다.

'엄마가 펭소에 그랬는데, 사람이 갑자기 변하면 죽는다캤는데, 우리 아부지가 혹시 죽을라꼬 변한 기가? 아이구, 하나님 부처님 우리 아부지 이자(이제) 쪼매 착해진 거 같으니 쫌 더 살려주시면 안 되겠능기요?'

하나님께서 그런 내용의 복이 기도를 들어주셨는지 복이 아버지는 그 후로도 오래 더 살았다.

복이는 아버지가 손수 꽃밭을 만들어주신 그날부터 온 동네로 돌아다녔다. 다니며 꽃모종 한 가지씩을 얻어다 부지런히 심었다.

꽃밭은 시간이 흐를수록 아름다운 옷을 입었다. 지나가던 사람들이 일부러 들어와 구경하고 갈 정도였다.

복이는 눈만 뜨면 꽃밭에 나와 있었다.

잡초도 뽑아주고 떡잎도 떼어내 주면서 어떻게 하면 꽃밭을 더 아름답게 가꿀까, 날마다 그 생각에 골몰해서 시간이 어떻게 흘러가는지도 모를 지경이었다. 그 무렵 박정희 대통령께서 전국에 새마을 운동을 펼치자 복이가 사는 마을도 초가집을 걷어내고 산뜻한 슬레이트 지붕으로 바꿨다. 상수도와 전기시설도 들어왔다.

사람들은 새 세상을 만났다고 좋아했다.

복이네 집에도 상수도와 전기시설이 들어와 복이는 꽃밭에 물주기가 편리해서 너무 좋았다.

복이의 꽃밭은 동네에서 제일 아름다운 꽃밭이 되어 갔다.

그랬다, 복이와 아버지가 꽃밭 하나로 화해한 거였다.

복이네가 아랫말 필숙이네 집을 사서 이사하기 전 윗말에 살 때의 일이다. 참으로 멸치가 귀하던 시절, 단짝 친구 사이인 혜순이와 유경이가 일을 저질렀다. 혜순이 어머니가 중멸치 한 포 사서 아껴 먹으려고 감춰둔 것을 혜순이가 뜯어서 둘이 주머니에 한가득 씩 넣고 나와 밖에서 신나게 먹어치웠다.

혜순이 어머니는 혜순이와 유경이가 절반가량 먹어치운 걸 알고 혜순이 아버지에게 일러바치며 부엌과 마당을 연신 드나들며 불만을 토로하고 있었다.

"모내기나 추수할 때 아껴 먹으려고 이로꾸(멸치)를 한 포 사서 감춰뒀는데, 혜순이하고 유경이가 절반이나 묵어삐릿니더. 그게 어떤 이로꾼데 참말로 기가 막힌데이."

"고마해라. 내 딸이 먹었고, 내 딸 친구가 먹은 걸 가지고 그게 어디 떠들 일이가? 이제 고마 조용히 입 다물어라."

쉴새 없이 중얼거리던 혜순 어머니는 이윽고 입을 굳게 다물었다. 조용하지만 단호한 우전양반(양순이 혜순이의 아버지)의 말에 움찔한 거였다.

복이가 초등학교 6학년 봄을 맞이했을 때였다.

얼굴도 뽀얗고 머리도 길고 성격도 얌전하고 목소리도 얌전하고 걸음걸이도 얌전하고 앞뒤 모습이 함께 얌전하기 그지없던 양순이 언니 혜순이는 한두 해 시름시름 앓았다. 그렇게 신부전증으로 앓더니 꽃다운 나이 열아홉 살에 연애 한 번 못해보고 물론 결혼도 못해보고 그만 일찍 죽었다. 혜순이 언니가 죽기 전날 밤 복이에게 걸음마를 시켜주던 스승 양순이 아버지가 복이의 큰 언니 유경이를 데리러 왔다.

"유경아, 우리 혜순이가 마지막으로 니를 보고 싶다꼬 니를 찾는다. 어서 가자."

유경이는 한달음에 달려 혜순이에게 갔다. 혜순이는 할머니 방에 누워있었는데, 속이 덥고 답답한지 블라우스 단추를 다 풀어헤치고 힘없이 말했다.

"유경아, 그동안 고마웠데이. 나는 죄가 많아서 먼저 간데이. 니는 재밌게 연애도 해보고 행복하게 결혼생활도 해 보고 아~도 낳아보고 여행도 많이 해 보고 천천히 오너래이."

그랬다, 혜순이는 그 유언을 마지막으로 다음날 새벽에 죽었다.

복이는 우연히 보았다. 뒷산에 큰딸 혜순이를 묻고 송이송이 진달래 우거진 꽃그늘 아래 앉아 소리 내어 슬피 우는 양순이 아버지를 보았다. 친구들과 진달래꽃을 따 먹겠다고 뒷산에 갔다가 우연히 본 거였지만, 복이는 양순 아버지를 어떻게 위로해 드려야 할지 몰라 쩔쩔맸다. 그냥 숨어서 양순이 아버지랑 똑같이 눈물 흘리며 한참 지켜보다 조용히 돌아서는 수밖에 없었다. 그 대신 아이들을 몰아 양순 아버지가 앉아 있는 곳으로부터 한참 떨어진 먼 곳으로 데리고 갔다.

복이가 스무 살 되던 해 여름, 복이 아버지 김원탁 씨는 소 먹일 풀을 한 망태기 베다 놓고는 오전에 친척 집에서 제삿술을 한 잔 얻어 마셨다. 그리고 농수로에 목욕하러 갔다가 미끄러운 물이끼를 밟아 넘어졌고, 넘어지며 머리가 돌에 먼저 부딪히고는 물에 빠짐으로써 갑자기 세상을 버렸다. 환갑을 막 넘긴 나이였다.

집에서 초상을 치르는데 먼 곳 가까운 곳 각처에 사는 친척들이 다 모여들었다.

복이네 친척 아주머니가 복이 아버지의 시신 앞에서 목 놓아 서럽게 서럽게 울고는 말했다. '집안 조상 중에 아이 때 물에 빠져 죽은 아이가 있는데 그 아이 귀신이 복이 아버지를 잡아갔다' 그 말을 옆에서 들으며 복이는 아버지를 보았다. 아버진 물에 빠져 죽은 시신답게 얼굴을 비롯해 온몸이 풍선처럼 부풀어 있었다.

친구의 시신을 염하면서 양순이 아버지가 넋두리처럼 통탄했다.

"아이구, 여보게 이 친구야. 우째 이래 흉한 모습으로 죽었는가? 나무는 썩으면 불쏘시개로라도 쓰지만, 사람은 죽으면 나무보다 못하구먼."

세월이 흘러 마음씨 좋던 양순이 아버지도 저세상으로 돌아갔다. 석바우 아버지는 사고로 돌아갔고 귀숙이 아버지도 병으로 돌아갔다.

복이네집 아름답던 꽃밭도 지금은 없다.

복이 친척인 뒷집 경복이네가 복이네 집을 구입해서 다 허물고 멋지게 다시 지었다는 소식만 들렸다.

그 좋던 감나무도 베어지고 집도 팔렸다는 소식에 서울 사는 복이는 말할 수 없는 쓸쓸함을 느꼈다.

 이제는 아무것도 없다, 고향도 어릴적 살던 집도, 아버지가 만들고 복이가 가꾸던 아름다운 꽃밭도 다 추억 속에 묻혔다.

 누구라도 그렇겠지만 복이의 유년 시절은 세계나 사물에 대한 궁금증과 호기심으로 가득했다.

 가끔 주방 개수대에 서서 설거지를 할 때나 샤워 후 편안하게 누워서 잠을 청하노라면 생각지도 않았던 유년의 기억 하나가 슬며시 떠올라 복이를 빙그레 웃게 한다. 사이상에 대한 추억으로써, 복이는 아무것도 아는 게 없다. 언제 한 번이라도 결혼한 적은 있는지, 가족은 어디서 살고 있는지 전혀 알 수가 없었다. 언제나 착하고 부지런했던 김씨 댁 머슴이란 것밖에는 모른다.

 복이는 이제 시를 쓰고 동화를 쓰고 소설을 쓰는 작가가 되었다. 귀숙이와 양순이는 간호대학을 나와서 간호사를 하고 있고 석바우는 대학 졸업 후 여행사에서 근무하고 있다.

 추억을 소환할 때 등장하는 아버지를, 복이는 더는 미워하지 않는다. 유년 시절 희로애락을 함께 했던 모든 사람은 이제 소중한 추억이 되었다.

 추억을 먹고 사는 복이는 누구보다 행복한 부자다.

고개를 갸우뚱거리며 점례는 그것을 집어 들었다.

잘생긴 외모만큼이나 하얀 편지지에 정갈한 필체. 청혼의 뜻이 담긴 연애편지. 바로 미스터 박의 필체인 거였다. 순간 점례는 이등병 김창수의 연애편지를 받았을 때와 달리 얼굴이 붉어졌다. 심장이 터질 듯이 쿵쾅거렸다.

'옴마야, 이 아저씨가 참말 내한테 와 이라노?'

빨간 자전거

무슨, 라디오 인기프로그램 '정오의 희망 열차'도 아니고, 점례네 집 사립문엔 매일 정오만 되면 빨간 자전거가 나타났다.
"따르릉, 따르릉"
그 소리는 언제나 새소리같이 명랑한 음색으로 온 동네에 광고하며 등장하였는데, 소리를 내는 주인공. 아담한 체격에 하얀 얼굴의 요즘 말로 하면 바로 그 '꽃미남' 미스터 박이었다.

점례는 두 살 때 소아마비를 앓았고, 그래서 왼쪽 다리에 피가 통하지 않아 차츰차츰 오른쪽 다리보다 가늘어지고 짧아졌다. 남보기엔 그저 살짝살짝 저는 정도였지만, 그녀 자신으로선 그것이 감당하기 버거운 약점이었다. 그러나 점례는 키가 크고 늘씬하며 얼굴이 달덩이처럼 새하얀 것이, 누가 봐도 한눈에 반할 정도로 예뻤다. 그 점례가 막 군에 간 이등병 김창수라는 군인과 펜팔을 하고 있었는데, 친구의 소개였다. 한번 만나지 않은 펜팔 친구에겐 굳이 자신이 다리가 아프다는 것을 밝힐 필요도 없어서 한편 편했다. 자유롭기도 했다.

H면 우체국 직원이었던 집배원 미스터 박은 언젠가부터 매일 예쁜 점례 얼굴 보는 재미에 하루를 시작하고 하루를 마감하게 되었다. 점례는 천성이 착하고 인정도 무척 많았다.

착하고 인정 많고 상냥하고 부드러운 점례는 여름엔 달고 시원한 우물물을 미스터 박에게 떠주고, 가을엔 홍시를 따서 점례의 연애편지를 배달하느라 날마다 수고하는 미스터 박에게 나름대로 보답했다. 점례는 날마다 연애편지를 기다리고 연애편지 받는 재미에 살았다.

"따르릉, 따르릉"
미스터 박이 타고 오는 빨간 자전거의 명랑한 벨소리가 들리면 점례는 절뚝거리는 다리를 재촉하여 최대한 빨리 사립문으로 달려갔다.
"아저씨, 어서 오이소."
"어라? 나 순도 백 프로 총각인데."
미스터 박은 보조개가 옴폭 파인 얼굴로 싱끗 웃었다. 언젠가부터 점례를 대하는 미스터 박의 몸짓도 목소리도 무척 다정다감하고 나긋나긋해졌다. 점례가 그것을 모를 리 없었다.

"전방에 계신 애인이 부지런히 편지를 보내시네요."

그 편지는 늘 강원도 두메산골 전방부대에 있는 이등병 김창수로부터 온 군사우편이었다. 점례는 마치 비밀을 들킨 것 같이 얼굴을 붉혔다. 그리고 구구절절 '점례 씨를 사랑한다' 라는 말로 범벅된 내용의 두툼한 군사우편을 건네받았다.

"아저씨, 오신 김에 홍시 쫌 잡숫고 가이소."

"허허 참, 이 아가씨가 남의 총각 혼삿길 망칠 생각이신가. 아저씨 아니라니까 그러시네."

그는 자전거를 화단 옆에 비스듬하게 세우고 평상에 엉덩이를 걸치며 불평 아닌 불평을 했다. 미스터 박과 하도 오래 낯이 익어 그런지 점례는 그의 말을 가벼운 농담으로 받아넘겼다. 그리고 과일 그림이 그려진 노란 쟁반에 홍시 대여섯 개를 담아 평상 위에 올려놓았다. 점례가 내온 잘 익은 홍시를 미스터 박은 맛있게 먹었다.

"맛있지예?"

"맛이 쥑이네예."

점례의 경상도 사투리를 흉내 내며 미스터 박이 장난스럽게 대답했다.

"그런데 궁금한 게 있는데, 그 김창수란 이등병 한 번 만나봤어요?"

미스터 박이 무심한 듯이 물었다.

"어데예(아니오). 부대 주소와 이름 석 자 밖에 모립니더."

"아, 그래예?"

미스터 박은 은근히 반색하는 눈빛으로 점례의 말투를 흉내 내었다. 거의 매일 점례에게 연애편지를 배달하던 집배원 미스터 박은 그만 점례에게 정이 듬뿍 들어버렸다.

점례가 비록 왼쪽 다리를 살짝 절긴 하지만, 그것이 뭐 살아가는데 그다지 장애물이 될 것 같지도 않았고, 사랑하는데 그까짓 다리 좀 전다고 아무 문제가 되지 않을 거라 확신했다.

그는 너무 예쁜 점례를 다른 남자에게 빼앗긴다는 일은 정말 상상조차 할 수 없었다. 어떻게 해서든 점례를 반드시 자신의 신부로 맞아들이고야 말겠다고, 마음을 단단히 먹고 있었다.

그날은 토요일 정오였다.

여느 날처럼 '따르릉 따르릉' 자전거 벨을 명랑하게 울리며 미스터 박이 점례네 사립문에 나타났다.

"아저씨, 어서 오이소."

"아이구, 점례 아가씨, 오늘은 아기다리고기다리던(아 기다리고 기다리던) 연애편지 대신 소포가 왔네요."

강남으로 날아가는 제비 세 마리가 찍힌 집배원들의 커다란 갈색 가방에서 소포 꾸러미가 나왔다.

"소포라꼬예?"

"예에, 소폽니더."

점례가 휘둥그레진 눈으로 미스터 박에게 다가왔고, 매우 궁금한 얼굴로 소포를 받아들었다. 미스터 박은 빙그레 웃으며 점례의 그 모습을 한동안 사랑스럽다는 눈길로 바라보고 있었다.

"그럼 저는 바빠서 이만 갈랍니다."

그가 날렵하게 빨간 자전거에 올라타자, 점례가 그를 붙잡았다.

"아저씨, 홍시라도 쫌 잡숫고 가이소."

"허허, 오늘은 홍시 잡술 시간이 없습니다. 그럼 월요일에 다시 뵙겠습니다, 점례씨."

웬일로 점례가 권하는 홍시를 다 사양하는 미스터 박. 그는 씩씩하게 자전거 페달을 밟았다. 그의 뒷모습이 골목에서 사라진 것을 확인하고서야, 점례는 털썩 평상에 앉았다. 그리고 누런 소포 꾸러미를 풀기 시작했다.

"옴마야, 이기 머꼬?"

방금 하산하신 듯한 귀하디귀하신 몸이 찐한 향기를 내뿜으며 예의 그 잘생긴 모습을 드러낸 것이었다. 싱싱하기 그지없고 기가 막히게 향이 좋은 송이버섯이었다.

"송이버섯 아이가?"

점례는 화들짝 놀랐다. 귀하디 귀한 송이버섯을 도대체 누가 자신에게 소포로 보냈나 싶었다. 소포 꾸러미 앞뒤를 자세히 살피고 또 살폈지만, 어느 모서리에도 발신인의 주소가 없었다. 다시 송이버섯이 담겼던 상자 속을 자세히 보니 편지 같은 게 보였다.

'이거는 또 머꼬?'

고개를 갸우뚱거리며 점례는 그것을 집어 들었다.

잘생긴 외모만큼이나 하얀 편지지에 정갈한 필체. 청혼의 뜻이 담긴 연애편지. 바로 미스터 박의 필체인 거였다. 순간 점례는 이등병 김창수의 연애편지를 받았을 때와 달리 얼굴이 붉어졌다. 심장이 터질 듯이 쿵쾅거렸다.

'옴마야, 이 아저씨가 참말 내한테 와 이라노?'

그날 저녁. 일터에서 돌아온 점례의 부모는 온 집안에 풍기는 찐한 향기에 입이 헤벌어졌다. 그 향기의 주인공이 오리지널 송이버섯임을 알아차린 점례 엄마는 얼굴이 보름달처럼 환해졌다.

"사돈한테도 안 준다카는 이 귀하고 귀한 송이버섯을 우리한테 다 보내주고, 고맙구로……. 점례야, 내 보기엔 그 청년이 아주 참하고 성실해보이더라. 니도 나중에 보믄 알겠지만서도, 내 보는 눈은 정확한기라. 펭생(평생) 우리 점례 밥은 안 굶길 것 같아보이더라. 점례야, 고집부리지 말고 고마 그 청년하고 결혼해라."

"엄마는? 사람이 밥만 묵고 사나?"

점례는 짐짓 뾰로통한 표정을 지었다.

"사람한테 밥보다 더 중요한기 어딨노? 사람들이 말하기 좋아서 법, 법, 하지만 그 잘난 법도 밥 다음인기라. 여러 소리 말고 그 청년한테 시집가거라, 고마. 그기 엄마 아부지한테 니가 효도하는 지름길인기라. 여자는 그저 그저 내 한 몸 아끼주고 살뜰히 보살피 주는 남자의 사랑 하나믄 만사 오케인기라."

산에서 내려오신 귀하디귀하신 몸 송이버섯의 효과일까? 점례는 어머니가 다른 때보다 말이 한참 긴 것 같다고 생각했다. 송이버섯을 받은 그 날부터 점례의 어머니는 딸을 집배원 미스터 박에게 시집보내기 위해서 매우 적극적이었다.

미스터 박은 장차 장모 될 사람이 자신의 혼사 일에 그렇게 적극적으로 나서주니 속으로 이게 웬 떡인가 하고 고맙기 그지없었다.

혼사는 일사천리로 진행되어 마침내 점례는 꽃미남 집배원 미스터 박에게 시집을 갔다. 동네 사람들은 여자처럼 곱상하게 생기고 성실한 집배원 미스터 박에게 시집간 점례를 보고 이구동성으로 말했다.

"사람 팔자는 귀신도 모리는 일이데이."

동네 사람들 말대로 사람 팔자는 귀신도 모르는 일인지도 모른다. 점례 자신도 자신의 팔자를 몰랐으니까.

시골 집배원 미스터 박과 결혼한 점례는 아들딸 오 남매를 낳았다. 아무리 자신이 배 아파 낳았다지만, 너무 착한 오 남매의 효도를 받으며 지금도 오순도순 행복하게 살고 있다.

"인옥아, 이 꽃 참 이쁘지?"
연보라색 연꽃 한 송이를 꺾어 들고 연못가에 서 있는 인옥을 향해 웃으시는 아버지의 모습이 눈부셨다.

레테의 강

인옥은 아버지 김인성에게 예쁘게 보이려고 욕실로 들어갔다. 정성을 다해 말끔히 세수하고, 벽에 붙어 있는 거울 속의 자신을 보고 또 들여다본다. 하늘에서 막 하강한 선녀인 양 그저 예쁘고 아름답다.

별처럼 맑고 초롱초롱한 두 눈, 검은 벨벳을 늘어뜨려 놓은 듯한 검고 윤기 흐르는 긴 머리카락, 오뚝한 콧날, 복숭아빛 감도는 뺨, 촉촉하고 윤기 나는 붉은 입술. 백설공주가 환생한 듯한 맑고 깨끗하고 흰 피부…. 자신이 보기에도 어디 한군데 빠진 구석이 없다.

거울 속으로 아버지가 나타난다. 아버지는 자애로운 미소를 띠고 인옥의 탐스러운 머리칼을 쓰다듬고 또 쓰다듬는다.

"아부지, 이 세상에서 제가 젤루 예쁘지요?"

인옥이 거울 속 아버지를 쳐다보며 묻는다.

"그럼, 그럼. 이 세상에서 우리 옥이보다 더 예쁜 아가씨는 아직 본 적이 없단다. 우리 옥이는 꽃 중에 제일 예쁜 인꽃이란다.

하늘에서 막 내려온 선녀가 따로 없지. 요렇게 곱고 어여쁜 우리 옥이를 이담에 아까워서 어떻게 시집보내누."

인옥은 너무 좋아 행복한 미소를 환하게 짓는다.

"보자. 이 세상에서 젤루 예쁜 우리 옥이를 어디 한 번 안아 볼까?"

김인성은 눈에 넣어도 안 아플 사랑스런 금지옥엽 막내딸을 조심조심 안아 올린다. 행복하게 깔깔거리며 인옥은 아버지 품에 안긴 채 마당으로 나온다. 아버지는 인옥을 안은 채로 비단잉어가 아름답게 노니는 연못가를 한 바퀴 천천히 돈다. 붉은 잉어, 황금색 잉어가 서로 희롱하며 빠르거나 느리게 물속을 유영하고, 아버지와 인옥은 넋을 놓고 내려다보고 있다.

"옥아, 너도 저 비단잉어들처럼 세상에 얽매이지 않고 저렇게 자유롭게 살았으면 좋겠구나."

"에이, 아부지두 차암⋯ 비단잉어가 아무리 자유롭다고 해도 새들만 하겠능기요? 지는 무엇에나 거침없이 넓은 상공을 훨훨 날아다니는 새처럼 살고 싶니더. 연못에 갇혀 사는 비단잉어의 반쪽짜리 자유는 싫니더."

"그래? 하하하. 하긴 그렇구나. 비단잉어는 반쪽짜리 자유밖에는 안 되겠구나. 그렇다면 우리 옥이는 새처럼 자유롭게 살려무나."

"네, 아부지."

난실난실 서로 희롱하고 노니는 비단잉어들을 바라보며 마냥 행복하게 웃고 있는데, 어디선가 벼락 치는 소리가 들린다.

"아이구, 세상에! 이 아까운 물을 끝까지 다 틀어놓고 마당이 연못이 돼도 아~(아이) 맹키로 깔깔거리고 웃고만 있으몬 우짜노?"
 담장과 좁은 골목 하나를 사이에 두고 사는 사촌 동서가 얼굴이 새파래져서는 황급히 욕실로 들어갔고 급히 수도꼭지를 비틀어 잠근다.
 "아이구, 형님요. 고마 미쳐도 곱게 미치소. 허구헌날 마당은 한 강으로 맹글어 놓고, 도대체 이기 뭔 일인기요?"
 급히 수도꼭지를 잠근 사촌 동서가 욕실과 주방을 지나 마당으로 나오면서 핀잔하듯 한 소리 던진다.
 늙은 인옥의 눈이 위로 날카롭게 찢어진다.
 "야, 이년아! 내가 언제 니한테 수도세 달라카더나? 남이사 수돗물을 틀어 마당을 한강으로 맹글든지 낙동강으로 맹글든지 말든지 니하고 뭔 상관이고?"
 인옥이 맞고함을 치며 사촌 동서에게 달려들어 그 머리채를 휘어잡고 고래고래 악을 써댄다. 마침 인옥을 찾아오던 큰아들 동석이 급히 달려와 어머니를 뜯어말린다. 동석이 덕분에 겨우 인옥의 손아귀에서 놓여난 인옥의 사촌 동서는 형편없이 흐트러진 머리칼을 매만지며 일의 자초지종을 동석에게 일러바친다. 인옥이 연방 씩씩댄다. 사촌 동서를 잔뜩 째려보고 있다.

"아지매, 말씀 안 하셔도 다 압니더. 원래 치매라카는 병이 주변 사람 잡는 병 아닌기요? 쪼매 이해해 주이소. 죄송합니더."

동석이 잔뜩 화가 나 있는 그녀에게 손이 발이 되도록 빈다.

"한두 번도 아이고, 자네 어무이 때문에 나도 인자는 참말로 몬 살겠데이. 고마 퍼뜩퍼뜩 어디 시설로 보내삐리는 게 두루두루 다 좋은 일인기라. 이기 어디 사람이 할 짓이가. 허구헌 날 내 참!"

그녀는 여전히 화난 얼굴로 치마를 거칠게 탁탁 털었다. 그리고 한강이 돼버린 인옥의 마당을 빠져나간다.

아직도 분을 못 풀어 마당을 막 벗어나고 있는 사촌 동서의 뒤꼭지에다 투덜대는 인옥, 그때 큰 며느리가 질척거리는 마당을 들어오며 안 봐도 비디오란 표정을 짓고, 시어머니 인옥과 남편을 번갈아 보며 한마디 한다.

"아이고, 어무이! 또 일 저질렀능기요?"

"뭐라카노? 니도 저 고약한 여편네 편드나? 에이, 몹쓸 것들! "

인옥은 표범처럼 날쌔게 달려들어 큰 며느리의 팔뚝을 사정없이 물어뜯는다. 큰 며느리의 비단을 찢는 듯한 비명이 대낮의 조용한 시골 동네를 한바탕 뒤흔들어 놓는다.

이 소동에 모든 이웃이 몰려나와 구경하며 저마다 혀를 차거나 한 마디씩 던진다.

 미처 말릴 새도 없이 벌어진 일. 동석은 어쩔 줄 몰라 크게 당황하여 어머니를 뜯어말린다. 아내의 팔뚝에서 새빨간 피가 뚝뚝 떨어지고 있다.

 어머니 인옥에게 물린 상처가 한눈에 봐도 심각해 보인다. 놀란 동석은 놀라고 고통스러워하는 아내를 병원으로 가자며 급히 부축해 나간다.

 아들도 며느리도 가고 구경꾼들도 다 돌아가고 한강이 된 마당에 홀로 남게 된 인옥은 갑자기 다리에 힘이 풀렸다. 인옥은 철퍼덕, 젖은 바닥에 퍼질러 앉아 서럽게 서럽게 대성통곡을 하고, 그 옆에는 인옥이가 아끼는 똥개 누렁이가 어쩔 줄 몰라 끙끙거리며 꼬리를 살랑살랑 흔들고 있다. 그들의 위로 눈부신 황금빛 햇살이 쏟아져 내린다. 인옥이 실컷 울다 쳐다본 봄 하늘이 너무 맑다.

 인옥이가 아들 내외와 주변 사람들을 괴롭히는 일이 어제오늘의 일은 아니어서, 온 동네 사람들이 인옥이 때문에 못 살겠다고 아우성이다.

 '손이 발이 되도록 잘못했다고 비는 일도 하루 이틀이지…'

 동석은 어머니에게 물어뜯긴 아내 팔뚝의 상처를 보며 이제는 때가 왔다고 생각했다. 그래서 여기저기 흩어져 사는 형제들을 소집했다.

급히 큰 형 동석의 집에 모인 형제들은 그간에 있었던 일을 동석에게서 낱낱이 듣고, 또 형수의 팔에 난 상처를 보고 사태의 심각성을 깨달았다. 어머니 인옥을 치매 전문 요양원으로 보내자는 동석의 말에 모두 어두운 얼굴을 풀지 못한 채 찬성했다. 결국 인옥의 집을 친척에게 헐값에 팔기로 했다.

형제들이 돈을 모아 인옥을 치매 전문 요양원으로 보내기로 합의를 본 후 정해진 날짜를 기다리기로 했다. 그동안 인옥은 부산에 사는 둘째 딸에게 맡겨졌다.

큰오빠 동석으로부터 그간의 일을 다 전해들은 숙희는 속으론 오빠 동석이가 전해주는 말을 반신반의하였다.

"아무튼 숙희야, 이래 심한 엄마를 니한테 맡겨서 정말 미안하데이. 집이 팔리는 대로 그 돈을 니한테 전부 보내줄 테이께네 엄마를 요양원에 보내놓고, 돈을 니가 관리하며 매달 한 번씩 내려가 봐라. 엄마 때문에 우리 형제들 가정이 다 찢어지게 생겨뿟다. 나이 오십이 넘어서 엄마 때문에 우리 가정들이 뿔뿔이 다 찢어져 가 되겠노. 제발 한 번만 우리 사정 좀 봐 도고."

숙희는 애처로운 얼굴로 애원하는 큰 오빠 동석을 물끄러미 바라보다가 고개를 끄덕인다.

"우짜노, 오빠야. 나도 하루 벌어 하루 사는 하루살이 인생이지만, 시설로 들어가실 때 까지만이라도 잘 돌봐 드려야지. 한평생

고생만 하시던 불쌍한 우리 엄마. 우짜다가 저런 몹쓸 병이 다 들어뻐릿는지 모르것네. 암튼 몇 달이라도 정성껏 돌봐드릴 테이까네 오빠야는 이제 고마 안심하고 내려가서 일 보이소."

 동석은 선뜻 뜻을 받아주는 숙희의 말이 고마워서 찔끔 눈물이 나왔다. 그러나 이내 표정 관리를 하였다. 동석은 앞으로 숙희가 겪을 힘든 일들을 생각하니 미안하고 애처로운 마음이 든다. 그래서 숙희의 손을 힘껏 잡는다.

 "숙희야, 내 니한테 마이 미안타. 이 오래비 대신에 니가 고생을 쫌 해도고."

 "걱정하지 말고 퍼뜩 내려가서 일 보이소."

 "무슨 일 있으모 퍼뜩퍼뜩 연락하고."

 "아, 걱정말고 퍼뜩 내려가시라니까 그캐쌌네 참말로."

 큰아들과 작은딸이 이런 대화를 나누고 있는 동안 어머니 인옥은 딸이 준비해준 토마토를 먹느라 정신이 없다. 누가 뺏어갈세라 토마토 접시를 품에 꼭 껴안고 아주 맛있게 먹고 있다.

 그날부터 숙희의 일상은 말 그대로 전시상황이 돼 버렸다. 말로만 듣던 치매란 병이 그렇게 무서운 줄 미처 몰랐던 숙희는 매 순간 화가 나고 맥이 빠졌고 어머니 인옥이 불쌍하기도 했다. 힘들고 복잡한 심경에 그저 울고만 싶었다. 아니 어머니 인옥 몰래 숨어서 우는 시간이 부쩍 많아졌다.

이제 아이가 되어버린 어머니 인옥은 그저 잘했다고 칭찬만 해주면 좋아했다. 조금이라도 비난하거나 부정적인 말을 하면 걷잡을 수 없이 화를 내며 한 마리의 맹수로 돌변하기 일쑤였다.

치매에 대한 지식이 전혀 없었던 숙희는 매 순간 놀라고 당황하여 처음엔 어쩔 줄을 몰랐다.

음식 솜씨 좋은 숙희가 정성껏 차려 준 저녁 식사를 맛있게 해치운 인옥이 만족스러운 얼굴로 말했다.

"내가 아들딸 합쳐서 육 남매를 낳았지만, 그 육 남매 중에서 숙희 니가 젤로 착하다. 나를 위해서 좋은 옷에 맛난 음식을 요래 잘 차려주니 니는 효녀중에 효녀다."

"엄마, 그동안 뭐 먹으면서 어떻게 살았어?"

"이년아, 먹긴 뭘 먹어. 어느 연놈이라도 뭘 주는 인간이 있어야 묵재. 노상 굶었다. 옛말에 무자식이 상팔자라 카더니만 그 말이 똑 맞재. 아들딸 많이 낳아서 다 잘 산들 그게 내하고 무슨 상관이고.

죽을 똥 싸면서 고생고생해서 다 키워놔봤자 아무 소용없는 일인기라. 아, 안 그렇나?"

"그래, 맞다 맞다. 엄마. 다 소용없는 일이고 말고. 자식들도 다 자기들 살기 바빠서 누구 하나 엄마를 돌봐 줄 사람도 없고, 무자식이 상팔자고 말고. 불쌍한 우리 엄마."

"이년아, 불상은 절에 가서나 찾아라. 거기 가면 많다. 아이고, 배고파라. 뭐 묵을 거 쫌 없나?"

 밥숟가락 놓은 지 채 십 분도 안 됐는데, 인옥은 벌써 배고프다고 난리다.

 "엄마, 쫌 전에 밥 먹었잖아."

 "이년이 거짓말하는 것 쫌 봐라. 참말로 생사람 잡것네. 내가 언제 밥 묵었노. 어제 한 숟가락 묵고는 여태 굶었구마는. 아이고, 배고파 죽것네."

 눈에 불을 켜고 핏대 올리는 어머니 인옥을 보며 숙희는 말로만 듣던 치매란 병이 이런 거구나 새삼 느꼈다. 토마토를 한 접시 썰어서 어머니 인옥에게 갖다주자, 인옥은 아이처럼 좋아하며 달려든다. 그리고 한입 맛을 보더니 떫은 감 씹은 표정이다.

 "이년아, 요기다가 설탕을 달착지근하게 뿌리 갖고 와야재. 그냥 무슨 맛으로 묵노?"

 "엄마, 토마토에 설탕을 뿌려 먹으면 비타민 씨가 파괴돼서 안 좋대."

 "지랄, 비타민 씨 같은 소리하고 자빠졌네. 내가 언제 그런 거 따져서 묵는 거 봤나. 아, 이년아, 퍼뜩 설탕 안 갖고 오나?"

 인옥이 버럭 소리 지르자, 숙희는 용수철처럼 일어났고, 주방 찬장에서 설탕을 꺼내와 토마토에 뿌린다.

"아끼지 말고 듬뿍듬뿍 뿌리거래이. 그래야 맛있다."

인옥의 말대로 토마토에 설탕을 듬뿍 뿌려주자 그제야 인옥이 만족한 얼굴로 게걸스레 토마토를 먹기 시작한다. 그 모습을 물끄러미 바라보던 숙희는 참 기가 막힌다. 누구보다 곱고 누구보다 똑똑하고 누구보다 생활력 강하던 어머니가 어쩌다 이 지경으로 망가져 버렸는지 그저 불쌍하고 한심하고 기가 막힐 뿐이다.

토마토 한 접시를 마파람에 게 눈 감추듯 뚝딱 해치운 인옥이 텔레비전을 본다. 그리고 천진난만한 표정으로 말한다.

"울 아부지가 똑 저래 자상했구마는. 그때가 내한테는 참말로 한 세월이었는데…"

인옥이 먼 시선으로 테레비를 보며 잠시 자애로웠던 아버지 생각을 하고 있는데, 안방 문이 살며시 열리며 숙희의 대학생 아들 우람이 들어온다. 인옥의 얼굴이 갑자기 보름달처럼 환해진다.

"아이고, 아부지! 어데 가셨다가 이제야 오시능기요? 내가 얼마나 아부지를 기다리고 또 기다렸지 아능기요?"

인옥이 우람이를 와락 끌어안고, 우람이 기겁을 하고 도망친다. 인옥이 황급히 따라가며 외친다.

"아부지, 아부지, 지를 놔두고 또 어데 가시능기요?"

"아이고 엄마, 걔는 아부지가 아이고, 엄마 외손자고, 우리 우람이다."

우람이를 황급히 따라가는 인옥이를 붙들자 인옥이 숙희를 붙잡고 느닷없이 울음을 터뜨린다. 마치 아이처럼.

"아줌마! 울 아부지 좀 붙들어주소. 내를 버려두고 울 아부지가 또 어디로 도망을 가삐리네요. 세상에서 젤 좋은 울 아부지가 너무 바쁜 기 탈이시더. 그기 내 마음에 딱 안 드는기라요. 아줌마! 제발 울 아부지 좀 붙들어주소."

"알았다, 엄마. 일단 앉아 봐라. 방금 나간 사람이 엄마 아부지를 마이 닮았나?"

딸이 어머니를 조심스레 앉히며 안쓰러운 얼굴로 묻자, 어머닌 아이처럼 손등으로 눈물을 닦으며 흐느낀다.

"닮은 기 아이고, 우리 아부지라니까요. 우리 아부지가 얼마나 자상하고 좋은지 아줌마는 잘 모르지요?"

"엄마 아부지가 그래 자상하고 좋으신 분이었나?"

"하모예. 동네에서 젤 가는 부자에다 제일가는 멋쟁이에다 제일가는 신사에다 제일 좋은 사람이 바로 울 아부지라니까요. 이 세상을 다 준다캐도 나는 울 아부지하고는 절대로 안 바꿀 낍니더."

"엄마는 그래 좋은 아버지를 두셔서 참 좋았겠네요."

"하모예. 아부지만 바라봐도 내는 너무 행복해서 우쭐 줄 모르는기라예. 맨날맨날 업어주고 안아주고 맛있는 거 사주고 나를 젤로 예뻐해주고……. 암튼지간에 세상에 울 아부지보다 더 좋은 사람은 없는 기라예. 소학교 졸업할 때꺼정 매일매일 울 아부지가 나를 업어서 학교에 데려다주셨다 아입니꺼. 아부지 등에 업혀서 소학교 다닌 사람은 전교에서 나 하나 밖에 없었는 기라요."

"엄마는 차암 좋았겠네. 그런 좋은 아버지를 두어서…."

"아줌마는 내 말을 잘 들어주는 착한 아줌마니까 이따가 울 아부지가 커다란 누깔사탕 사오시면 특별히 아줌마만 한 개 줄 테니 어데 가지 말고 요기 기다리고 있어 보이소."

숙희는 매일 어머니를 부축해 병원과 한의원을 번갈아 다녔다. 그러며 치매란 병에 대한 정보도 나름대로 조금씩 접할 수 있게 되었다. 처음 딸네 집에 왔을 때 어머니 인옥은 영양실조와 정서적 불안정으로 인해 모습이 정말 목불인견이었다. 그러나 따뜻하고 정성스레 대해주는 숙희와 숙희가 지어준 치매에 좋은 보약과 좋은 영양식 덕분에 인옥은 차츰 정서적 안정도 찾게 되고, 얼굴색도 조금씩 좋아지기 시작했다.

인옥이 집 근처 노인정에 놀러 갔다가 노인정 할머니와 대판 싸움이 붙었다. 노인정에 나온 지 며칠 안 되는 인옥이 이것저것 간섭하고 잘난 척하고 아는 척하다가, 인옥의 증세를 잘 모르는 그

할머니가 인옥을 아니꼽게 보았고, 그래서 잔뜩 벼르고 있던 차 이번에 또 인옥이 아는 체를 하고 자신들 일에 끼어들었고, 그 할머니가 냅다 싸움을 걸었다. 결국 노인정에서 전화가 왔다.

"당장 와서 어머니를 모시고 가소!"

숙희는 너무 송구스럽고 창피해서 어쩔 줄 몰라 거듭 굽신거리며 죄송하다고 했다.

"야, 이년아! 니 미쳤나? 내가 뭐를 잘 몬 했다고 그래 죄인 맹키로 굽신거리매 미안타고 하노?"

인옥이 마구 씩씩대며 딸 숙희에게 삿대질했고, 딸은 그러거나 말거나 서둘러 어머니의 팔을 끌다시피 해 노인정을 빠져나왔다.

푹푹 속이 상한 숙희는 잠시 인옥이 환자라는 사실을 깜빡했다.

"엄마, 엄마가 여기 온 지 며칠 됐다고 자꾸만 이 일 저 일에 끼어들고 나서고 그러노? 가만히 굿이나 보고 떡이나 먹으면 되지."

"아이구, 김숙희 아줌마, 참말로 똑똑하시네요. 죄송합니다. 똑똑한 숙희 아줌마 말 안 들어서."

인옥은 입술을 비쭉이며 비아냥거리고는 한 소절 더 걸쳤다.

"내 참, 가재는 게 편이라는데, 그라고 보면 이 인정머리 없는 년은 내 딸년도 아잉기라."

그러며 딸의 팔을 냉정하게 뿌리치고 앞질러 걸어가는 인옥. 숙희가 엄마, 엄마 부르며 쫓아가도 뒤도 안 돌아보고 잽싸게 앞만 보고 가고 있는데, 무척 화가 많이 난 걸음걸이다. 숙희는 그러는 어머니가 어이없기도 하고 안쓰럽기도 해서 피식 웃음이 나온다.

숙희는 어머니 인옥에게 더운밥을 지어 배부르게 드시게 하고는 잠자리를 봐준 뒤 집으로 돌아왔다. 그리고 집안 청소며 저녁 준비를 하고 있는데, 어머니로부터 잔뜩 짜증 섞이고 다급한 듯한 목소리의 전화가 왔다.

"보이소, 숙희 아줌마! 가면서 밖에서 문을 잠가놓고 가면 내는 우짜란 말인교? 벌써 두 시간째 방안에 갇혀서 옴짝달싹도 몬하고 있어요. 퍼뜩 와서 문 좀 열어 주이소. 배가 억수로 아파서 퍼뜩 측간(화장실)에 똥 싸러 가야 되는데, 문은 안 열리고 내 참말로 미치겠니데이. 아, 퍼뜩 오소, 퍼뜩."

분명히 어머니 인옥의 잠자리를 봐주고 나올 때 밖에서 문을 잠그지 않았는데, 참 이상한 일이었다.

숙희는 허겁지겁 어머니 인옥에게로 달려갔다. 그런데 인옥이 잠겨 있다고 그 난리를 치는 문을 살짝 비틀어보니 뜻밖에도 너무 쉽게 열리는 것이 아닌가. 숙희는 정말 어이가 없었다. 그래서 짐짓 화난 체 약간 목소리를 높여 인옥을 나무라듯 말했다.

"엄마! 잠기지도 않은 문을 잠갔다고 바쁜 사람에게 전화해서 그 난리를 쳤능교? 아이구, 내 참!"

"아줌마! 무슨 소리 하능교? 내가 지금 두 시간째 이 문고리하고 싸우고 있었다 아입니꺼."

금방 달려온 숙희를 보자 인옥은 내심 반가운 나머지 아이처럼 천진난만한 얼굴로 말했다.

"두 시간은 무슨 두 시간! 내가 엄마 집에서 나간 지 30분도 안 됐구만은. 아이구, 내가 우리 엄마 때문에 몬산다 고마."

아이 같은 표정으로 천진난만하게 쳐다보고 있는 인옥을 보고, 숙희는 그만 하하 웃어 버렸다. 그리고 인옥의 얼굴을 가까이서 들여다보며 다정다감하면서도 걱정스러운 어투로 물었다.

"엄마, 참말로 배가 마이 아푸나?"

"내가 언제 배 아푸다 캐서요? 숙희 아줌마 보고 싶다 캤지."

천사 같은 얼굴로 말하는 어머니. 숙희는 그만 인옥을 와락 끌어안고 울어버린다.

아버지가 인옥을 다정하게 부른다. 형형색색의 수련이 아름답게 피어있는 연못가에서 눈부시게 하얀 여름 모시옷 한 벌을 입은 아버지가 딸을 부른다.

"인옥아, 인옥아. 어서 이리 온."

"예, 아부지."

인옥이 어릴 적 아버지는 포항·인비·기계 일대에 많은 전답과 산을 소유한 갑부였다. 넓은 마당 한 모서리엔 참으로 크고 멋진 연못이 있었고, 앞뜰과 뒤뜰에는 봄, 여름, 가을 내내 온갖 꽃들이 형형색색 앞다투어 피고 졌다.
 슬하에 아들 없이 딸만 둘 둔 김인성 씨는 큰딸을 경상도 안강의 갑부집 아들에게 시집보냈다. 그리고 홀로 남은 막내딸 인옥을 애지중지 귀여워했다.
 큰딸은 본처가 낳았으나 인옥은 아들을 얻기 위해 씨받이로 들인 아름다운 처녀에게서 얻은 딸이었다. 김인성 씨는 인옥을 낳은 생모에게 넉넉하게 전답을 떼어주고는 인형처럼 예쁜 인옥만 받아서 화초처럼 키우고 있었다. 어린 인옥은 아버지와 함께 자주 연못가에서 놀았다.

 인옥이 열세 살이 되었을 때 아버지 김인성 씨는 인물이 준수한 양자를 하나 들였는데, 아버지가 죽자, 그 양자는 노름으로 아버지의 가산을 모두 다 탕진해버렸다.

 인옥의 나이 열여덟. 결혼과 함께 인옥의 삶이 가난하고 힘들어서 죽고 싶을 때마다 인옥은 아버지와 함께 살 때 누렸던 기름진 풍요가 떠올랐다. 아버지와 함께 햇살 고운 연못가에서 놀던 때를 꿈속에서도 자주 그리워했다.

한여름 연못 한가운데 피어있는 유난히 때깔 고운 연보라색 연꽃 한 송이가 자꾸만 어린 인옥의 눈을 유혹한다.

"아부지, 나 저어기 연못 한가운데 있는 저 연보라색 연꽃 꺾어 주이소."

"허허, 그래그래. 내 저 연꽃을 꺾어올 테니 인옥이 너는 꼼짝 하지 말고 여기 가만히 기다리고 있거라."

아버지는 새하얀 모시 바지를 허벅지까지 둘둘 말아 걷어 올리고는 저벅저벅 연못 한가운데로 걸어 들어갔다. 손을 뻗어 인옥이 그토록 갖길 원했던 연보라색 연꽃 한 송이를 꺾어 들고는 연못 한가운데 우뚝 선 아버지가 인옥을 향해 손을 흔들며 환하게 웃고 있다. 연못의 물은 아버지 허리까지 찼다.

"인옥아, 이 꽃 참 이쁘지?"

연보라색 연꽃 한 송이를 꺾어 들고 연못가에 서 있는 인옥을 향해 웃으시는 아버지의 모습이 눈부셨다.

"아부지."

자잘하게 몰려오는 감동에 가만히 아버지를 부르며 인옥은 조심스레 연못 안으로 한 발을 들여놓고 있었다.

근처 시장에 가서 샛노랗게 먹음직스러운 참외를 한 봉지 사 들고 들어온 주인집 아주머니. 그녀는 자기 마당에서 펼쳐진 기괴한 상황에 기절할 듯 놀랐다.

수도꼭지는 한껏 열려서 물이 비온 뒤의 샘물 나오듯 넘쳐 흘렀는데, 그게 문제가 아니라, 인옥이 커다란 고무통에 머리를 거꾸로 처박고는 물속에서 뭘 찾는지 꼼짝을 하지 않는 거였다. 수돗물은 커다란 고무통을 한가득 채우고도 하염없이 밖으로 넘쳐흐르고 있었다.

"이기 무신 일고?"

참외 봉지를 던지다시피 마당에 내려놓고 달려간 주인아주머니. 여전히 고무통에 거꾸로 처박혀 있는 인옥. 주인아주머니는 온 힘을 다해 잡아당겼다. 인옥을 가까스로 고무통 밖으로 끌어내었다. 그리곤 일단 물 없는 바닥에 반드시 눕혀놓고 급히 핸드폰을 열고 두드렸다.

숙희가 한식집 주방에서 요리하느라 분주하던 숙희의 초록 유니폼 상의 주머니 안에서 핸드폰이 울린다. 배경음악 노사연의 '님 그림자'가 유난히 구슬프게 들린다고 생각하며, 숙희는 핸드폰 통화버튼을 클릭한다. 순간, 숙희의 동공이 크게 확대되면서 화면이 정지된다.

사랑 사랑 누가 말했나
향기로운 꽃보다 진하다고

김윤진 실화소설 -원더풀 내 인생

원더풀 내 인생

　'남편 바보' 같지만, 원더풀 내 사랑은 참으로 꽃보다 더 곱고 진하고 예쁘고 귀하다.

　꾸미지 않아도 어여쁘고 화장하지 않아도 풋풋한 아름다움이 터질 것 같은 내 청춘 이십 대. 그때 나는 홍대 앞 '물망초 분식'에서 하루 내내 카운트를 보고 있었다.

　풋풋하고 젊고 아름다운 남녀 대학생들에게 나는 인기가 높았다. 우리 '물망초 분식'에 출입하는 모든 남녀 대학생들 모두에게 나는 언니요 누나요 이모였다. 지금은 세월 따라 나도 늙었지만 그때는 그래도 젊고 예뻤다. 많은 대학생들이 나랑 데이트하기를 원하고 원했다. 나를 보기 위해 우리 분식집에 일부러 오는 대학생들도 많았다.

　이민규. 나보다 십 년 연하인 성실하고 아름답던 그 청년도 나를 보기 위해 우리 분식집에 출입하는 대학생 청년 중의 한 사람이었다. 나를 보면 '오드리 누나, 오드리 누나' 하며 무척 잘 따랐다.

　나도 '로마의 휴일' 영화를 봤다. 오드리 햅번이 얼마나 아름답고 매력적인데 오드리 햅번에게 미안하게 나한테 감히 오드리라고 부르느냐 내가 도대체 어디가 오드리 햅번을 닮았느냐고 묻자, 그가 싱그럽게 웃으며 대답했다.

"누나의 청순한 이미지와 살집 없는 얼굴이 닮았어."

동생도 한참 새카만 동생뻘인 철없는 그의 말에 나는 어이가 없어서 웃고 말았다. 그는 항상 나를 부를 때 '오드리'라고 불렀다.

공연히 오드리 햅번에게 미안한 내가 그렇게 부르지 말라고 말려도 그렇게 부르는 것은 그의 자유란다.

몇 년 전 그는 두 번째 우리 분식집에 나타났을 때 근사한 나의 초상화를 들고 왔다. 초상화 제목이 '사랑하는 나의 오드리'였다.

"누나, 이거 선물."

그가 내미는 '사랑하는 나의 오드리'를 보니 너무나 아름다운 이십 대 아가씨가 그 안에 청순하고 지적인 얼굴로 나를 바라보고 있었다.

"어머, 어머! 너무 멋지다. 이 사람 누구니?"

내가 호들갑을 떨며 감탄해서 묻자, 그가 기막힌 표정으로 가만히 한참 동안 나를 바라봤다.

"누나! 원 세상에 자기 얼굴도 몰라보는 사람이 어딨어, 그래?"

"이 얼굴이 나라고?"

"그럼 누나지. 내가 다른 사람 얼굴을 아까운 시간 낭비하며 그

렸겠어?"

"어디가 나를 닮았니?"

"청순하고 지적인 이미지와 살집 없는 얼굴."

"그놈의 살집 없는 얼굴은 좀 빼면 안 되니? 난 볼에 살이 고현정처럼 토실토실한 여자들이 제일 부럽단 말이야."

"누나, 난 누나가 고현정처럼 볼살이 토실토실하지 않아서 좋아하는 거야. 누나는 무조건 오드리 햅번이야."

"오드리 햅번이 들으면 울겠다."

"울긴. 심리학적으로 볼 때 사람은 누구나 자신의 이름을 많이 불러주는 걸 좋아해. 예수도 석가도 자신의 이름을 많이 불러주고 자신의 이름으로 무엇이나 기도하면 다 들어준다고까지 했어. 그래서 누군가 이름을 불러주는 것은 아주 중요한 거야. 그 속에 우주의 기가 흐르고 있거든. 이름을 부를 때 우주의 기가 통해서 기적이 일어나기도 하지. 김춘수 님의 '꽃'이라는 시 중에 이런 유명한 구절도 있어. **내가 그의 이름을 불러주었을 때 그는 나에게로 와서 꽃이 되었다.** 누가 뭐래도 누나는 내게 영원한 나만의 오드리고 꽃이야."

"까불지 마."

"누나는 내가 까부는 걸로 보여? 진지한 눈으로 사물을 깊이 있게 들여다보고 성찰 좀 해봐. 누나의 이 보석보다 더 아름다운 두 눈은 그저 폼으로 있는 게 아니야. 신의 마음과 신의 눈으로 사물을 보라고. 아름다운 눈동자를 우리 몸 제일 꼭대기에다 그것도 한 개도 아니고, 두 개씩이나 달아주셨잖아. 두 개의 밝은 눈동자로 가로등처럼 세상을 훤히 밝혀주는 그런 사람이 되라고."

항상 목사처럼 설교하고 목사처럼 나를 나무라는 듯한 표정과 어조에 나는 그만 어이없이 웃고 말았다.

우리는 같이 영화도 보고 음악도 같이 듣고 같이 산책도 하며 둘만의 은밀한 데이트를 아무도 몰래 몇 년 동안 즐겼다. 둘만의 달콤한 데이트를 즐길 때마다 그는 기꺼이 나의 기쁨조가 돼 주었다.

그는 김광석의 '일어나'와 복음성가 '달리다굼'을 특히 잘 불렀다. 그 두 곡은 나를 만날 때마다 주 레퍼토리였다. 너무도 그윽한 눈빛으로 나와 눈을 맞추고 노래하는 그는 세상에서 가장 멋지고 매력있는 청년이었다.

나는 그저 그를 편안한 남동생처럼 생각했고, 그도 나를 편안한 누나쯤으로 여기는 줄 알았다.

그런데 영화를 보고 영화관에서 나와 분위기 좋은 조용한 카페에서 한잎 두잎 떨어져 내리는 가을 이파리들을 바라보며 홀짝홀짝 커피를 마시고 있는데, 그가 내 눈을 들여다보며 진지한 얼굴로 말했다.

"오드리 누나, 우리 그냥 같이 살면 안 될까? 나 누나랑 매일

떠오르는 아침 해를 바라보며 새로운 아침을 같이 맞이하고 싶고, 저녁별도 같이 보며 도란도란 얘기 나누며 그렇게 살고 싶다. 그렇게만 되면 얼마나 좋을까, 누나?"

"아니, 이게 무슨 소리야? 너 설마 그거…… 지금 나한테 프로포즈하는 거 아니지?"

너무 어이가 없어서 내가 펄쩍 뛰며 물었다.

"아니긴. 맞구만. 오드리 누나, 나 정말 진심이야. 누나랑 같이 밥 먹고 같이 차도 마시고 매일 그렇게 살고 싶어."

"지금도 그러고 있잖아."

"손님과 주인으로 말고 예쁜 신랑과 각시로 말야, 누나."

"애가 정말 미쳤니? 세상 사람들이 들으면 우리를 뭘로 보겠어?"

"나는 세상 사람들 따윈 하나도 무섭지 않아. 나는 우리 두 사람의 미래를 지금 진지하게 얘기하고 있는 거야."

"얘, 이 손가락 지금 몇 개로 보이니?"

나는 그의 눈앞에 오른쪽 검지와 중지를 세워 흔들며 물었다.

"제발 그러지마, 오드리 누나. 나 지금 정신 멀쩡해. 나이는 숫자에 불과해. 우리의 나이차는 사랑으로 다 극복할 수 있어."

"나이 차만? 말도 안 돼. 정말 이건 말도 안 돼."

나는 세게 도리질하며 말했다.

"왜 말이 안 돼, 누나? 그렇게만 말하지 말고 지금 내가 한 말

진지하게 좀 생각해봐, 누나. 응?"

"애, 너 그런 소리 하려면 다시는 우리 가게로 오지 마."

"누나! 사람이 진지하게 진심을 얘기하면, 누나도 좀 진지하게 생각 좀 해보고 말해. 다짜고짜 무 자르듯이 그런 식으로 말하지 말고."

그가 버럭 소리 지르며 바르르 짜증을 냈다. 그 모습이 그렇게 귀여울 수가 없었다.

"생각해볼 가치도 없는 얘기야."

"오드리 누나, 그 말 진심이야? 후회 안 하지?"

"그래! 절대로 후회 안 해! 늦었다, 그만 가자."

"업혀. 날씨 추워."

그가 앉아서 등을 내게 보이며 말했다.

"오늘은 업히기 싫어."

"또 아이처럼 고집부려, 오빠 말 잘 들어야 착한 나의 오드리지."

헤어질 때 항상 나를 아기처럼 업어주는 그를 거절할 수 없어 (나는 정말 오늘 이 기분으로는 업히기 싫었는데) 그만 또 업히고 말았다.

"아이고 우리 오드리 밥 좀 많이 먹어야겠다. 새털처럼 가벼워."

나를 업고 성큼성큼 걸어가면서 그가 말했다.

"내가 뚱뚱하면 니가 고생하잖아."

"고생은 무슨. 행복이지. 나는 누나를 이렇게 업고 갈 때가 제일 행복해."

"아이구, 니 눈에 콩깍지 벗어져봐라. 그때도 그런 소리 나오는가. 그때는 나를 무거운 짐처럼 여길걸?"

"누나, 그렇게 말하면 기분이 행복해지나?"

그가 내 엉덩이를 톡톡 두드리며 말했다.

"사람들은 참 이상해. 왜 마음을 바로 표현하지 않고 꼭 배배 꼬아서 사물을 삐딱하게 보고 삐딱하게 표현하는지 알다가도 모르겠어. 특히 오드리 누나, 그런 나쁜 습관 좀 버리시지."

"넌 나만 보면 설교할 거리만 보이지?"

"아니. 사랑해야 할 사람과 사랑할 거리만 보여."

"또 까분다."

나를 우리 방에까지 무사히 데려다준 그는 자기가 한 말을 편안히 누워 진지하게 생각해보라고 말하고는 방에서 나갔다.

나는 혼자 고민하다가 하는 수 없이 부모님께 말씀드렸다. 그러자 부모님은 말도 안 되는 소리라며 펄쩍 뛰는 거였다. "막내 남동생뻘 되는 애하고 창피하게 도대체 무슨 짓이냐?" 한 마디로 쪽팔린다는 말씀.

나를 평생 끼고 살 작정을 하셨다며, 부모님은 나더러 배신자라며 몰아세웠다. 난리도 그런 난리가 없었다.

그는 나만 만나면 결혼하자고 졸라대고, 우리 가족들은 서슬이 시퍼레서 펄펄 뛰어대고 나는 정말 괴로웠다.

그러던 어느 날 처음 보는 예쁜 여대생이 나를 찾아왔다.

"언니, 언니 얘기 많이 들었어요. 우리 어디 조용한 데 가서 얘기 좀 해요."

뭔가 심상찮은 분위기를 느낀 나는 카운터를 아버지에게 맡기고 그녀를 따라 나갔다. 근처 공원으로 나를 데리고 간 그녀가 우선 심호흡부터 했다. 나는 분명 그와 나 사이를 갈라놓으려고 그녀가 단단히 준비하고 왔음을 직감적으로 알았다.

그녀는 도도한 표정으로 팔짱을 낀 채 내 휠체어와 휠체어에 앉아 있는 나를 내려다보며 말하기 시작했다.

"언니, 단도직입적으로 얘기할께요. 언니가 이런 몸으로 우리 민규씨에게 무엇을 해줄 수 있죠?"

"……"

입이 열 개라도 할 말이 없었다.

"언니가 그림을 알아요? 대학 생활을 알아요? 우리 민규씨를 알아요? 언니는 그저 분식집에서 카운터 보는 일밖에 모르잖아요? 제 말 틀렸어요?"

나는 속으로 정말 싸가지 꽝인 아이로구나 생각은 했지만, 뭐 그녀 말도 그다지 틀린 것 같지는 않아서 은은한 미소를 머금고 그녀를 쳐다봤다.

"듣고 보니 니 말이 다 맞아."

내 말에 그녀가 반가운 표정으로 팔짱을 풀더니 내 눈높이에 맞추려고 내 앞에 쪼그리고 앉았다. 그리고 반짝이는 환한 얼굴로 내 눈을 들여다보며 의기양양하게 말했다.

"정말 그렇죠? 언니도 제 말에 동의하시죠?"

"아니, 니 말에 동의 안 해. 니 말대로 나는 그림도 모르고 대학생활도 어떤 건지 아무것도 모르지만, 사랑이 뭔지는 알아."

"아니, 뭐예요?"

샐쭉 토라진 그녀가 앉은 자리에서 발딱 일어나더니 다시 팔짱을 끼고 한껏 사나운 눈초리가 되어 나를 째려보는 거였다.

"그럼 나이든 언니가 새파란 동생 같은 우리 민규씨하고 불장난이라도 하시겠다는 말씀인가요?"

"우린 지금 불장난을 하는 게 아니야. 사랑을 하는 거지. 니가 사랑이 뭔지 알기나 해?"

"어머, 어머, 정말 기막혀! 사랑이래, 사랑. 이보세요, 카운터 언니. 그건 사랑이 아니고 동정이에요, 동. 정."

'동정' 이라는 단어를 꼭꼭 눌러 씹듯이 유난히 힘을 주고는 길길이 날뛰는 그녀. 나는 은은하게 웃으며 그녀를 구경했다.

"언니, 사랑이 아닌 동정이 오래갈 것 같아요? 사랑은 절대로 연민이나 동정으로 하는 게 아니에요."

그녀가 이제는 나를 손아래 동생에게 하듯 가르쳤다.

"그래, 그것도 니 말이 맞아."

"그렇죠, 언니? 제 말이 맞죠? 이제 좀 말귀가 트이셨네."

그녀가 다시 반가운 얼굴로 쪼그리고 앉더니 또 내 눈을 들여다보는 거였다.

"민규는 나한테 연민이나 동정으로 나한테 그러는 게 아니야. 정말 나를 사랑하고 있어. 나는 그것을 이미 알고 있어. 하지만 민규의 미래를 위해 나는 그의 프로포즈를 거절할 거야."

내가 차분하게 조용조용 말하자 다시 그녀의 눈빛이 환해졌다.

"언니는 총명하셔서 사리분별력이 탁월하실 줄 제가 알고 있었어요. 언니, 이제 우리 민규씨 자유롭게 놓아주실 거죠?"

"처음부터 나는 민규를 잡지 않았어. 괜히 민규 저 혼자 그러는 거야."

"어머, 어머! 그렇죠, 그렇죠? 그럴 줄 알고 있었어요. 우리 민규씨가 너무 착하잖아요. 동정심도 많고."

그녀의 화법이 나는 처음부터 끝까지 마음에 들지 않았다.

"얘, 너 이름이 뭐니?"

"보민데요. 이. 보. 미."

그녀는 자기 예쁜 이름 석 자를 내가 혹시 못 알아듣기라도 할까봐 한 자 한 자 띄워서 힘주며 말했다.

"그래, 이. 보. 미. 얼굴만큼이나 이름도 예쁘구나."

"고맙습니다."

"보미야."

"네."

"앞으로는 누구한테 말을 할 때, 니 기준에서 니 눈높이에서 니 생각만으로 말하지 말고, 항상 상대방 기준에 맞춰 상대방 기분을 좀 생각하면서 말 좀 해라. 그리고, 사물을 외양만 보지 말고, 그 이면의 것을 깊이 있게 보고 깊은 성찰을 하며 말을 해야지?"

나는 나도 모르게 민규의 눈빛과 민규의 톤, 민규의 화법 그대로 그녀 앞에서 흉내내고 있었다. 내 말에 그녀의 눈빛이 진지해졌다.

"보미야."

"네."

"너, 민규 많이 사랑하지?"

"네."

"그럼 민규 마음 아프지 않게, 말할 때 예쁘게 잘해. 둘이 참 잘 어울린다."

"감사합니다. 그리고 많이 죄송합니다. 오늘 제가 언니에게 무례를 저지른 거 용서해주세요. 다시는 이런 일로 언니를 찾아오지 않겠습니다."

그녀는 천천히 진지한 태도로 일어나더니 내게 고개 숙여 절하며 아주 예절 바르게 말했다. 똑똑해서 말귀도 빨리 잘 알아듣는 것 같았다.

우리 분식집으로 처음 나를 찾아왔을 때는 서슬이 시퍼레서 당장 나를 요절낼 분위기였으나, 나와 한참 얘기를 나눈 뒤에는 태도가 다소곳하게 변해서 돌아갔다.

나는 기를 쓰고 반대하는 우리 식구들과 보미를 한참이나 생각해봤다. 내가 민규의 프로포즈를 받아들인다면 한순간 많은 사람이 가슴 아파할 것이며 내게 적대자가 되어 돌아설 것이다. 나는 정말 가족들을 마음 아프게 하고 싶지 않았다.

너무 예쁜 보미 마음도 아프게 하고 싶지 않았다.

이것은 어디까지나 나의 진심이었다. 이것저것 깊이 생각할수록 지끈지끈 골머리가 아팠던 나는 어느 날 갑자기 짐을 챙겼고, 그리고 어느 장애인 시설로 들어가 버렸다. 그에게도 사전에 아무런 얘기도 하지 않았다.

집에서 부모님이 챙겨주시는 밥을 먹으며 편하게 살다가 갑자기 낯설고 물설고 시스템 불편한 시설에서 살려니 이만저만 고생이 아니었다. 날씨는 춥고 더운물도 못 쓰고 집 생각이 저절로 간절하게 났다. 그래도 내가 눈앞에 안 보이면 그가 나를 포기할 것 같아 그 불편한 곳에서 이를 악물고 일 년을 버텼다.

일 년 후, 이제는 나에 대한 감정이 깨끗하게 정리가 됐겠지 싶었다. 그래서 어느 날 나는 드디어 집으로 돌아왔다.

그의 프로포즈 후 어느 날 홀연히 사라졌던 내가 다시 어느 날 홀연히 나타나 카운터에 앉은, 그런 나를 보고 그가 불같이 화를 냈다. 말 한마디 없이 그렇게 홀쩍 사라져버리면 자기는 어쩌느냐고. 내 부모님 내 형제들에게 물어봐도 모두 모른다고 하더라며, 정말이지 나를 못 봐서 미치는 줄 알았다고 했다. 속을 너무 많이 끓여서 그런지 그의 얼굴이 핼쑥했다.

"잘 지냈니?"

나는 빙그레 웃으며 물었다.

"잔인한 오드리 누나, 이 얼굴이 잘 지낸 얼굴로 보여?"

내 눈앞에 자신의 얼굴을 들이미는 그에게, 나는 피식 웃었다.

"보미는 잘 지내고 있니?"

순간 민규의 눈동자가 큼지막해지더니 말을 더듬거리는 거였다.

"아니, 오 오드리 누나가 보 보미를 어떻게 알아?"

"대한민국에 내가 모르는 사람이 어딨냐?"

"또 오바한다. 누나네 분식집에 오는 사람들만 빼고 누나가 아는 사람이 어딨어? 그리고 누나네 분식집에 오는 사람들도 누나가 그들의 외양만 알지 그들의 속이나 개인사정을 속속들이 다 아는 것은 아니잖아? 그저 이름 석자와 얼굴만 가지고 안다고 하면 안 되지?"

"아이구, 이민규 목사님. 제가 또 실수했습니다."

그가 또 설교를 시작하는 걸 얼른 잘랐더니, 민규는 뭔가 골똘히 생각하는 표정을 지었다.

"그 무렵 보미가 하는 짓이 어쩐지 수상쩍다 했더니만 누나도 홀연히 떠나고, 보미도 파리로 유학 갔어."

이번엔 내가 놀랐다.

"보미가 유학 갔어?"

"어. 나한테 날마다 찾아와 나랑 결혼하겠다고 들들 볶더니 내가 꿈쩍도 안 하자 그만 파리로 날아가 버리대."

"저런. 보미와 결혼하지 그랬어?"

"누나! 누나는 지금 그걸 말이라고 해? 내가 누구 때문에 날마다 상심하고 있는데 아무 생각도 없이 그딴 소리나 해? 제발 생각 좀 하고 말해, 누나."

그가 또 펄쩍 뛰었다. 분식집 안에서 음식을 먹던 손님들이 일제히 카운터 쪽으로 쳐다봤다. 주방 안에 계시던 아버지가 나와서 얘기 좀 하자며 그를 데리고 밖으로 나갔다.

아버지가 그에게 무슨 말을 할 것인지 안 봐도 비디오였다.

통속적인 잣대와 통속적인 생각과 통속적인 말로 아버지는 나를 향한 마음을 그만 접으라고 그를 설득하다가 달래다가 화를 내다가 하실 게 뻔했다. 그러면 그는 목사가 설교하듯 우리 아버지에게도 조용조용 유식한 언어로 우리 아버지를 설득하려 들거나 설교를 할 게 눈앞에 보이는 듯했다.

그와 오랜 시간 얘기하고 들어온 후 아버지는 쩝쩝 입맛을 다시며 그를 보고 '참으로 맹랑한 놈'이라고 말했다.

일 년이 지났는데도 나를 향한 그의 감정은 여전히 변함없었다. 가족들도 변함없이 그와 나의 결혼을 반대했다.

어느 일요일 날. 가족들이 둘러앉아 저녁을 먹을 때였다.

정말 통속적인 잣대와 통속적인 생각과 통속적인 말로 남동생이 나한테 잘난 체하면서 설교를 시작했고, 나는 목사처럼 설교해대는 남동생과 대판 싸웠다. 마침내 나의 남동생은 내 인내심에 불을 지른 도화선 역할을 톡톡히 하고 말았다.

"누나, 쪽팔리지도 않아? 이민규 걔 내 동생뻘이야. 누나가 지금 동생도 한참 새카만 동생을 데리고 살겠다고 하는 거야. 그거 범죄야, 범죄. 누나, 정신 차려."

내 남동생의 싸가지 반푼어치도 없는 말에 화가 났다. 그래서 나도 더는 민규를 피하지 않으리라 결심했고, 그의 사랑을 받아들이기로 마음먹었다. 어느 날 가족들이 저녁 먹는 자리에서 나는 단도직입적으로 폭탄선언을 했다.

"나 민규랑 결혼할래. 결혼시켜 줘."

"뭐라고?"

온 가족이 혼비백산했다. 그들은 밥숟가락을 든 채 한참 정지된 동작으로 나를 물끄러미 바라봤다.

마치 못 볼 것이라도 본 듯한 그런 뜨악한 표정이었다.

"누나! 그건 절대로 안 돼!

생각해봐, 걔는 나보다도 나이가 어려."

"그게 뭐 어때서?"

남동생의 말에 나는 태연한 얼굴로 맞받아쳤다.

"와~ 우리 누나 이제 완전히 돌아삐릿네."

"그래, 나 돌았다. 그러니 빨리 결혼시켜 줘. 너도 하면서 왜 나는 안 된다는 거야? 인간 차별하는 거야, 시방? 나 결혼 안 시켜주면 오늘부터 단식투쟁할 거야."

그들은 한동안 할 말을 잃고 멍하니 나를 쳐다보았다.

그 어떤 말로 말리고 협박하거나 말거나 나의 태도는 완강했다.

아무리 기상천외한 협박과 공갈에도 요지부동인 나를 보고 엄마가 한 발짝 물러나서 달랬다.

"애야, 그냥 엄마 아빠랑 평생 살면 우리가 너 다 수발해주고 원하는 대로 다 해주고 좋잖아. 잘 한번 생각해봐. 조금 살다가 그 넘이 맘 변해서 너 버리고 애만 덜컥 낳아놓고 도망가 버리면 그땐 너 어쩔래?"

"그래도 괜찮아. 나 결혼할래, 엄마."

"니가 미쳐도 단단히 미쳤구나.

그럼 니 동생 먼저 결혼시켜놓고 너는 나중에 해라."

"싫어. 나 먼저 할래. 나부터 시켜줘."

"한꺼번에 둘이 보내면 돈이 딸리잖아.

그럼 너는 그 넘 데리고 들어와서 여기서 우리랑 같이 살자."

처음에는 길길이 날뛰던 엄마가 크게 한발 양보해서 이렇게 나오신 거였다. 그래서 그날부터 엄마랑 아빠랑 민규씨랑 나랑, 넷이서 같이 살게 되었다.

어른들이 계시니까 마음대로 애정 표현도 못하고 눈치 살살 보면서 아무도 안 볼 때만 번개같이 잠깐씩 애정 표현하며 그렇게 불편하게 살면서 1990년대에 우리들의 첫아들 솔이를 낳았다.

떡두꺼비 같은 외손자를 보더니 엄마 아빠가 홀딱 반해서 솔이를 그렇게 예뻐할 수가 없었다. 이제는 우리의 결혼을 완강하게 반대하셨던 걸 후회하실 정도다.

승승장구 우리 물망초 분식집이 잘나가고 있을 때 1980년 5.18 민주화 운동이 터졌다. 5.18 민주화 운동이 터지자 홍대 앞에도 대학생들의 데모를 진압하는 전경이 투입되기 시작했다.

날마다 매캐한 최루탄이 터지는가 하면, 돌멩이가 가게 유리창으로 날아오는 그 살벌한 상황에서 홍대 앞 모든 가게는 하나둘 문을 닫기 시작했다.

우린 5.18만 아니었다면 그 당시 상황으로 봐서 엄청난 부자가 되었을 거다. 그토록 날마다 젊은 대학생들로 문전성시를 이루던 우리 분식집엔 비상 계엄령 때문에 학생들이 올 수도 없었고, 우리도 가게 문을 열 수 없게 되었다. 마침내 우리는 분식집을 정리하기에 이르렀다.

솔이가 초등학생이 되었을 때 우리는 비로소 작은 아파트를 얻어 부모님으로부터 분가하게 되었다. 솔이가 외할머니 외할아버지와 주변 사람들의 사랑을 받으며 무럭무럭 자라서 대학에도 들어가고 군대까지 갔다. 그 세월 동안 나를 향한 민규씨의 사랑이 한 번도 퇴색된 적이 없다는 걸 나는 잘 알고 있다.

내가 세수를 하거나 머리를 감으면 그는 수건을 든 채 화장실

문 앞에서 하인처럼 기다리고 서 있다. 내가 제발 하인처럼 행동하지 말고 왕처럼 명령하고 왕처럼 행동하라고 하면, 나를 황후처럼 대접해줘야 자신도 제왕의 대접을 받는다고 말하며, 그는 한사코 자신의 의지를 꺾지 않는다.

나를 자신의 무릎에 가만히 눕혀놓고 드라이기로 머리칼을 말려주며 그가 조용히 말했다.

"아이구, 이제 우리 오드리도 한잎 두잎 머리에 단풍이 들고 있구나."

"하얀색 단풍도 있어?"

"무릇 색깔이란 사람만이 구별 짓는 거야."

"이민규 목사님 또 시작이시다."

그가 하하 웃었고, 덩달아 나도 웃었다.

그는 지금도 여전히 내게 공주 대접이다. 비록 부자는 아니지만, 성실하고 착한 그의 사랑을 받으며 살고 있으니 나는 참으로 오드리 햅번이 하나도 안 부럽다.

아침 일찍부터 내 머리맡에 둔 휴대 전화기에서 비발디가 봄을 깨우기 시작했다. 그가 잠시 드라이기를 끄더니 내 손에 휴대 전화기를 놓는다.

반가운 아들의 목소리가 나를 와락 끌어안는다.

"엄마! 나 엄마 아들, 솔이. 내일 첫 휴가 나갈 거야. 아빠랑 같이 이마트 가서 장 봐서 맛있는 거 많이 해줘."

그 소리가 그의 귀에도 들리는지 그가 내 머리카락을 손가락으로 정성스레 빗어내리며 빙그레 웃는다. 나는 너무 반가워서 으앙 울음을 터뜨리고 말았다. 아들의 밝은 웃음소리가 휴대 전화기 저편에서 들린다.

"하하하. 세상에 하나밖에 없는 아들이 첫 휴가를 나간다는데 웃어야지, 우리 울보 엄마는 또 우시네. 뚝!"

 그로테스크한 표정, 직선적이고 매서운 화법, 예술에 대한 열정, 그녀 영혼의 자유분방함이 사람들을 질리게 했지만, 채 교수에게는 누구보다 고맙고 소중한 사람이었다. 힘든 순간도 더러 더러 있었지만 자야의 엉뚱 발랄 순수한 캐릭터는 늘 채 교수에게 조용한 웃음을 자아내게 만드는 행복의 원천이었다.

투명의 세마포

'세마포' 란 단어가 가장 많이 등장하는 곳은 아무래도 성경책일 것이, 예수님이 부활 후 변형되신 후에 즐겨 입으신 옷이 바로 세마포로 된 옷이다. 성경 속 세마포의 의미는 몸과 마음의 행실을 깨끗이 빨아 '거듭남' 과 거룩함의 의미이고 의로운 옷이다.

주 재림 때는 신앙인들이 물과 성령으로 거듭나서 영적으로 이 거룩한 세마포 옷을 입어야 천국에 들어간다고 하는데, 여기서 〈투명의 세마포〉 란 제목은 그녀의 시집 제목에서 따온 것이다.

1960년대 초 S대 캠퍼스 내. 스님처럼 머리를 빡빡 깎고 왼쪽 다리에는 빨간 스타킹을, 오른쪽 다리에는 파란 스타킹을 신고, 안 그래도 전봇대처럼 큰 키로 뒷굽이 뾰족한 킬 힐을 신고 캠퍼스를 유유히 누비고 다니는 그녀. 튀어도 너무 튀는 그녀 때문에 남학생들이 종종 환호성을 올렸다.

"와우! 우리 캠퍼스 명물 지나가신다."

"히야, 과연 그로테스크의 결정판이다."

"얘들아, 광녀님 납시셨다."

1960년대 그때는 지금처럼 배꼽을 내놓고 다니는 걸 상상도 못하던 시대였다. 그런 시대에 그녀는 배꼽과 아랫배를 완전히 다 드러내놓고, 드러난 배에 우스꽝스러운 화려한 색채로 삐에로의 얼굴을 바디페인팅하고 다녔다. 그런 캐릭터는 눈 닦고 찾아보려 해도 단 한 명 닮은 꼴을 구경하기 힘든 시절. 그 시대에 자야는 S대 명물답게 늘 튀는 행동으로 온 캠퍼스를 들쑤셔놓고 있었다.

그녀가 실룩샐룩 걸을 때마다 그녀의 배에 그려진 삐에로가 활짝 웃었다 얼굴을 찌그려 뜨렸다 괴상한 표정을 지었다. 그 모습을 보고 웃지 않는 학생이 없었다.

자야의 친한 친구 숙이가 목소리를 낮췄다.

"자야, 니 주목받고 싶재?"

"미친 년! 내가 주목 같은 데 관심이나 있는 줄 아나? 그냥 사는 게 심심해서 그란다 와?"

"진짜로?"

"그라모 내가 저 평범한 중생들에게 싸구려 관심이나 끌라꼬 이란다고 생각하고 있었더나?"

"내가 니 깊고 엉뚱한 속을 다 알면 학교 앞에 벌써 가마때기 깔았을끼다."

"모리면 잔죽코(잠자코)있거래이. 그라모 이등은 주께."

지나가는 학생들이 쳐다보며 웃거나 말거나 자야와 숙이는 이런 대화를 나누며 유유히 캠퍼스를 거닐었다.

그런데 이 S대의 명물 자야의 다소 엉뚱한 매력을 알아보는 의대의 젊은 교수가 있었다. 마치 온화한 미륵대사 같은 분위기를 풍기는 채 교수는 그녀의 특별한 예술세계와 보이지 않는 곳에 깊게 숨어있는 아름다움을 발견해내고 보석을 캐내듯 캐내었다. 겉모습을 중시하는 평범한 뭇 중생들이 미처 그녀의 아름다움을 발견하기 전에 마침내 그녀라는 보석을 취하는데 성공했다.

얼굴이 동글동글 귀엽게 생긴 동안에 눈은 와단(와이셔츠 단추 구멍)이고 키는 작달막한 채교수. 그는 꿈에도 자야의 이상형은 아니었다. 그녀는 채교수를 쌀쌀맞게 튕기고 거절했다. 그러나 열 번 찍어 안 넘어가는 나무는 없는 법, 마침내 채교수의 십벌지목이 승리했다.

그들은 신혼 때부터 각방을 사용했다. 워낙 독특한 자야는 부부의 성을 무슨 대단한 연례행사 치르듯 했고, 그래서 채 교수는 으레 아내에게 정중하게 합방 의사를 타진하였고, 그녀의 승인이 떨어져야만 비로소 가능했는데, 그것도 한 달에 한 번, 크게 인심 쓰면 두 번 정도가 고작이었다.

채 교수는 아내의 특별함에 반한 사람답게 아내의 모든 개성과 취향과 인격을 최대한 존중해주고 그대로 받아들였다. 천둥벌거숭이 자야가 남편을 만나도 너무 잘 만났다며, 주변 사람들이 입에 침이 마르도록 자야를 부러워하였다. 칭찬인지 비아냥인지, 그들이 자야와 채 교수를 입에 올릴 때마다 난리도 이만저만 난리가 아니었다.

채 교수가 레지던트 시절이었다. 그는 집들이한다며 동료 레지던트들을 전부 집에 초대하기로 했고, 음식 좀 장만해놓으라고 가정부에게 전화했다.
"사모님, 선생님께서 집들이하신다고, 음식 좀 하라시는데요."
"수원댁, 우리 퍼뜩 튀어뿝시다."
"예에?"
수원댁의 눈이 화등잔만 해졌다.
"아, 뭐하는기요? 퍼뜩 튀자 안 카요."

채 교수가 동료 레지던트 일곱 명을 데리고 집에 도착했을 때 집에는 정적만이 감돌았다. 눈치 빠른 채 교수가 난처한 얼굴로 웃으며 임기응변에 들어갔다.
"우리 마누라가 갑자기 배가 아파서 아줌마가 급히 병원에 데리고 갔다카네. 우선 다들 앉아바라. 내 짜장면 시켜주께."
"난 짜장면보다 탕슉(탕수육)이 더 좋은데."

별명이 '닭다리'-귀가 안 좋은 수원댁이 닥터 리로부터 전화가 오면 꼭 '닭다리'라고 부르면서 생긴 별명-인 닥터 리가 흡사 개그맨 표정으로 외쳤고, 덩달아 닥터 최도 외쳤다.
"아자씨, 내는 팔보채 주이소."
이렇게 해서 이들은 채 교수네의 한 달 생활비에 맞먹는 돈을 몇 시간 만에 작살냈고, 모두 만취 상태로 각자의 집으로 돌아갔다.
자야와 수원댁이 집에 돌아왔을 때 채 교수는 난장판이 된 거실에 큰 댓자로 뻗어 드르릉드르릉 코를 골며 세상모르고 자는 중이었고, 온 집안에는 술 냄새와 먹다 남긴 중국 음식 냄새가 코를 찔렀다. 튀었던 두 여인은 서로를 보며 고개를 절레절레 흔들었다.

어느 날 밤 채 교수는 모처럼 자야를 품고 싶어서 자야의 방문을 노크했다.
자야는 마음의 날씨가 수시로 흐렸다 개었다 하였는데, 그날따라 흐린 날씨였고, 당연히 문을 열어주지 않았다.
"자야, 문 쫌 열어바라. 내 아직 안 죽었데이."
"선생님, 억수로 미안합니데이. 오늘 지 기분이 죽어뿌래서 도저히 안 되겠습니데이."
착 가라앉은 자야의 목소리.
"와 담배 떨어졌나? 내 퍼뜩 가서 담배 사다 주까?"

"고마 가서 주무시소."

그날 밤 아내는 결국 남편에게 문을 열어주지 않았고, 남편은 쓸쓸히 발길을 돌렸는데, 사실 그런 일이 비일비재했다.

자야는 성격상 성생활을 싫어했다. 그래서 동료 의사 닭다리(닥터 리)가 농담을 했다.

"닥터 채는 지금까지 잠자리를 두 번만 하고 얼라를 둘만 낳았재? 완전 수도원 안에서 도 닦으며 살고 있재? 닥터 채 죽으면 사리가 한 말은 나올끼다. 으하하하!"

그리고 또 어느 날. 자야는 남편 채 교수의 급한 부탁 전화에 누런 서류 봉투를 들고 나가던 중이었다. 그런데 자기 임무를 깜박해버린 자야. 거리의 가을풍경이 너무 고왔던 게 탈이었다. 그 풍경에 혼을 빼고 따라가던 그녀의 발길이 그만 서울역에까지 가서야 멈춰섰다. 그런데 그 멈춤 현상은 일시적일 뿐이었다.

자야는 춘천으로 가는 기차를 타기 전에 남편에게 전화를 걸었다.

"선생님, 내 좀 댕겨오께요."

"어데 가노?"

"춘천으로 스케치 여행."

"머라꼬? 자야, 니 그 자리에 꼼짝 말고 서 있거래이. 내 금방 총알처럼 달려가꺼."

부랴부랴 택시를 타고 정말 총알처럼 서울역으로 달려온 자야의 남편 채 교수. 그는 자야 앞에 당도하자마자 커다란 밤색 낡은 가죽 가방 지퍼를 열었고, 허겁지겁 지폐 뭉치를 꺼냈다. 그리고 여기저기 주머니투성이인 자야의 국방색 바지 주머니에 돈을 가득 가득 쑤셔 넣어주고는 마치 딸을 멀리 여행 보내는 아버지처럼 걱정스러운 눈빛으로 자상하게 말했다.

"자야, 니 이 돈 다 떨어지면 퍼뜩 집으로 돌아오너래이. 밖에서 고생하지 말고."

자야가 웃었다.

"이 돈 다 떨어지면 차비가 없어서 우째 옵니꺼?"

"아참, 그렇재! 그라모 서울로 오는 마지막 차비만 남았을 때 꼭 돌아오너래이."

"예에, 잘 댕겨오께요."

남편 채 교수에게 꾸벅 절을 한 자야. 그녀가 막 출발하려는 춘천행 기차에 몸을 실었다.

채 교수는 춘천행 기차가 안 보일 때까지 홀로 오래도록 손을 흔들고 있었다.

그렇게 춘천으로 스케치 여행을 떠난 지 어언 5년.

어느 날 허름한 갈색 가을 잠바를 걸친 채 교수가 여섯 살, 다섯 살짜리 꾀죄죄한 코흘리개 남매를 데리고 불쑥 자야가 하숙하고 있는 집에 나타났다. 그는 마치 어제 헤어졌던 사람처럼 다정한 눈빛으로 말했다.

"자야, 인자 고마 집에 가자."

코찔찔이 남매를 보는 순간 비로소 정신이 번쩍 든 자야. 그녀는 혼잣말처럼 중얼거렸다.

"그렇재! 내가 결혼한 몸이재. 저 불쌍하고 어린 것들을 내 배 아파 내 속으로 낳았재."

멋진 풍경에 빠져 그 놓치기 싫은 그림에 대한 열정 때문에 너무도 소중한 장면 장면들을 캔버스에 담느라고, 자신의 존재도 남편의 존재도, 눈에 넣어도 안 아플 아이들의 존재도 새카맣게 잊고 지냈다는 사실을 새삼 깨달은 자야. 그녀는 남편과 아이들에게 미안함과 고마움이 물밀 듯했다. 이런저런 감동에 벅차서 두 팔을 넓게 벌렸다. 아이 둘을 한꺼번에 끌어안으려고 한 발, 한 발, 다가섰다. 그러나 아이들은 아니었다. 아기 때에 떨어지고서 단 한 번 대면한 적 없는 엄마였다. 아이들은 낯설음과 두려움, 공포에 질린 얼굴로 한 발 한 발 주춤주춤 뒤로 물러서고 있었다. 자야는 너무 가슴이 아파 눈물이 핑 돌았고, 말할 수 없는 고통이 명치를 찌르며 몰려왔다. 돌아선 채 교수도 소매 끝으로 눈물을 훔쳤다. 이윽고 자야는 아이처럼 엉엉 소리 내어 울고 말았다. 아이들은 다소 멍한 표정으로 그런 자야를 멀뚱멀뚱 한참 보고 있었다. 그러다 한순간 큰 애가 자야를 와락 끌어안으며 제 엄마랑 똑같이 엉엉 소리 내어 서럽게 울었다. 그러자 작은 아이도 제 누나를 따라 덩달아 울어댔다. 이산가족 상봉이 따로 없었다. 멀찍이 서서 말없이 지켜보고 있던 하숙집 주인아줌마도 훌쩍훌쩍 울고 있었다.

"엄마, 다시는 우리를 안 떠날 거지?"

큰아이 경아였다. 경아가 땅바닥에 주저앉아 울고 있는 제 엄마를 꼭 끌어안으며 말한 거였다.

"그라모. 안 떠날끼다. 내 다시는 느그들을 놔두고 내 혼자 안 떠날끼다. 우리 경아, 우리 훈이 옆에 꼭 붙어살끼다. 참말로 느그들한테 엄마가 마이 미안테이. 그라고 엄마가 느그들을 마이 사랑한데이."

자야는 울고 있는 아이 둘을 한꺼번에 끌어안고 얼굴을 비비며 쓰다듬었다.

어느 가을날 훌쩍 바람처럼 떠났던 자야. 오랜 스케치 여행에서 돌아온 뒤로 그녀는 정말 그런 식으로 어이없이 떠나는 일이 없었다. 죽음이 갈라놓을 때까지는.

신부전증으로 생을 달리한 자야의 유해는 Y시에 있는 농장의 큰 벚나무 아래 정성스럽게 묻었다. 채 교수와 경아는 휴일이면 그 농장으로 내려간다. 살아생전 자야가 캔버스에 열심히 그림을 그렸듯이 아내의 유해가 묻혀 있는 그 농장이라는 캔버스에 채 교수는 사계절 피는 각양각색의 꽃으로 조금씩 조금씩 아름답게 채워나가고 있었다. 자야의 몸이 이미 채 교수를 떠난 지 3년이 다 되었지만, 그는 아내 자야를 한 번도 떠나보낸 적이 없었다. 누구보다 자야를 사랑했고, 그녀의 예술세계를 진심으로 존경했다. 그리고 자야의 순백한 영혼을 더욱 사랑했다. 무의식 상태에서 산소 호흡기 하나에 생명을 겨우 의지하고 있었을 때 한 달 수천만 원 하는 병원비를 버린다고 주변 사람들은 산 사람이라도 살게 그만 보내 주라고 여러 번 말했다. 그러나 채 교수는 그리 할 수가 없었다. 사랑하는 아내 자야를 위해 전부 다 쓰고 마침내 빈털터리가 된다 한들 무엇이 아까우며 무슨 미련이 있으랴.

남들은 채 교수 내외의 특별한 사랑을 알 리가 없었다.

예술가들이 흔히 그렇지만 자야는 다소 엉뚱한 구석은 있었어도 그 영혼만은 순수하고 착하고 진실된 여자였다. 그로테스크한 표정, 직선적이고 매서운 화법, 예술에 대한 열정, 그녀 영혼의 자유분방함이 사람들을 질리게 했지만, 채 교수에게는 누구보다 고맙고 소중한 사람이었다. 힘든 순간도 더러더러 있었지만 자야의 엉뚱 발랄 순수한 캐릭터는 늘 채 교수에게 조용한 웃음을 자아내게 만드는 행복의 원천이었다.

 벚나무 아래 열심히 국화를 심는 채 교수를, 자야의 혼백이 사랑스럽게 바라보고 있었다.
 '선생님, 오래오래 선생님 곁을 지켜드리지 몬하고 내 먼저 와뿌래서 참말로 미안합니데이. 살아생전 부족한 지를 지극정성으로 마이 사랑해주셔서 참말로 고맙습니데이. 선생님, 오래오래 건강하셔서 우리 아이들 잘 지켜주이소.'
 자야의 말을 전해주듯, 평화로운 가을 햇살이 채 교수의 옆얼굴을 환히 비춰주고 있었다.

　원룸으로 돌아온 나는 즉시 인터넷 카페를 폐쇄하는 동시에 원룸도 부동산에 내놓았다. 부모님 연락처만 남겨놓은 채 핸드폰 번호도 바꿔버렸다. 부모님 집으로 들어간 것이다. 그리고 시름시름 말라가다가 급기야는 병이 들어버렸다.

김윤진 실화소설 -나는 꽃무릇

나는 꽃무릇

나는 확실히 그 남자를 사랑하고 있었다.

언젠가부터 내 카페에 나타난 그는 여운이 깊고 정다운 댓글을 달아주기 시작했다. 그의 댓글을 읽고 있노라면 나는 영혼의 안식과 평안과 기쁨을 느끼고 있었다. 성도 이름도 얼굴도 나이도 어디에 사는 누구인지도 모르지만, 아무튼 남자인 것만은 확실했다. 물론 여자이면서 남성적 화법을 사용하는 사람도 더러 있긴 하지만, 내 발달 된 육감에 의하면 그는 분명 남자였다.

가끔 들어와서 댓글 몇 개 달아주고 나가는 그가 남자든 여자든 내게 무슨 상관이람. 그래도 그는 여전히 내 신경을 긁어대고 내 안테나가 그를 향해 작동되게 한다. 그의 댓글에 또 부지런히 답글을 달면서 나는 행복감을 느낀다. 무한한 사이버 바다에서, 나는 아무 형체도 없는 그에게 점점 빠져들고 있다. 내 아침은 닉네임 '꽃바람'이란 그를 찾아 눈을 굴리며 하루를 열고, 그의 정감 어린 댓글에 답글을 달면서 또 하루를 마감한다.

꿈을 꾸어도 꼭 그런 꿈을 꾼다. 잘 알지도 못하는 그가 나타나 뜨겁고도 감미롭게 사랑해주는 꿈.

'미쳤다. 나는 확실히 미쳤다. 미치지 않고서는 이럴 수가 없다. 도대체 이게 뭐람. 뭐하는 짓이람.'

날마다 자신을 자책해보지만 아무 소용이 없다. 내 정신은 아무 형체도 없고 말도 없고 실체-실체일 수도 있다-도 아닌 그를 향해 정신없이 내달리고 또 달린다. 그를 향한 사랑 시를 쓰고 또 쓴다. 자존심이 상하지만 그를 향한 뜨거운 열정을 주체하지 못해서, 나는 결국 그에게 먼저 쪽지를 보낸다.

믿기지 않는 일이 일어났다.

그로부터 답글 쪽지가 온 것이다.

그의 답글 쪽지를 받고 나는 더더욱 마음에 불이 붙어 미칠 지경이었다. 세상에 무슨 불이 이렇게 대책 없이 뜨겁고 빨리 탈 수가 있단 말인가? 나는 보이지 않는 그에게 날마다 매 순간 아주 절박하게 매달리고 있었다. 얼굴도 알지 못하는 꽃바람이란 그 남자 때문에 잠 못 이루는 밤이 많아졌다. 그러다 믿을 수 없는 일이 벌어졌다.

> 사랑하는 나의 꽃무릇. 이리 가까이 오시오. 당신을 이제 받아들여야 할 것 같소. 나도 당신 없이는 이제 도저히 살아갈 수가 없을 것 같소. 당신은 이제 나의 존재의 이유가 돼 버렸소. 아아 내 사랑, 나의 꽃무릇. 당신을 끌어안은 내 팔을 나는 영원히 풀지 않을 것이오. ○○월 ○○일 ○○시, ○○플라워 앞으로 오시오. 당신에게 가장 어울리는 핑크빛 안개꽃 한 다발을 당신 품에 안겨 주겠소.

김윤진 실화소설 -나는 꽃무릇

디데이. 너무 화창한 금요일 오후다. 뭔가 좋은 일이 마구마구 쏟아질 것 같은 예감이 든다. 나는 그가 일방적으로 정해준 약속 장소로 나가기 위해서 오랜 시간 정성껏 샤워하고 공들여 화장한다. 너무 진하지도 튀지도 않지만, 기품 있고 아름다운 화장을 오래오래 했다. 레이스가 아름다운 오월의 신부 같은 나비 날개처럼 하늘거리는 하얀 원피스를 입고 하얀 하이힐을 신었다.

그를 만나면 심장이 빵하고 요란한 소리를 내며 터져버릴 것 같다. 그는 내가 걸어서 갈 수 있는 우리 집 근처에 있는 그 꽃집을 어떻게 알았을까? 우리 동네에 사는 사람일까? 그 꽃집 앞을 약속 장소로 잡은 건 우연일까? 내 카페에 내 사진이 대문짝만하게 걸려 있으니 그는 내 얼굴을 이미 알고 있을 것이다. 나는 그가 핑크빛 안개꽃 한 다발을 사서 내 가슴에 안겨준다고 했으니 그것으로 그를 알아볼 수 있을 것이다.

초저녁, 약속한 7시다.

내가 그 꽃집 앞에 도착했을 때 그로 보이는 사람은 아무도 없었다. 한 삼십 분쯤 기다렸을까? 나는 바람맞은 것으로 생각했다. 김빠진 얼굴로 집을 향해 돌아서는데, 리바이스 청바지를 입고 청자켓을 입은 너무 예쁘고 귀엽게 생긴 꽃미남 소년 하나가 핑크빛 안개꽃 한 다발을 들고 배시시 웃으며 내게로 달려왔다. 그리고 내 가슴에 그 안개꽃 다발을 안겨주는 것이 아닌가. 순간 기쁘긴 했지만 어리둥절했다. 분명 뭔가 문제가 생긴 것 같다.

"네 아빠가 대신 너를 보냈니?"

소년은 대답 대신 내게 매혹적인 미소를 보냈다.

"아빠가 너무 바쁘신가 보구나. 가서 아빠한테 이 꽃 고맙다고 전해 드려라."

그러고 돌아서서 몇 발짝 걸어가는데 소년이 뛰어와 뒤에서 내 허리를 와락 껴안았다. 그리고 싱그러운 숨결로 내 등에다 대고 속삭였다.

"꽃무릇, 이 바보."

일순 심장이 멎는 것 같았다. 천천히 소년을 향해 돌아섰다.

"그럼 혹시 네가 꽃.바.람?"

소년이 눈부시게 웃으며 고개를 끄덕인다. 나는 일순 무릎이 확 꺾였다. 다리에 힘이 풀렸고, 그대로 길거리에 무릎을 꿇은 채 고개를 숙이고 있었다. 지나가는 사람들이 이상하다는 시선을 던지고 있었다. 이윽고 소년이 희고 따뜻한 손으로 내 손을 잡아 일으켰다.

"꽃무릇, 우리 잠시 좀 걸어요."

아무리 봐도 엄마뻘-내가 일찍 시집갔더라면-인 내게 소년은 그냥 '꽃무릇'을 부르고 있었다. 잘 봐줘도 큰누나와 막내 남동생인데, 그게 아랑곳없는 소년, 꽃바람은 내 손을 잡아끌고 천천히 걷는다.

우리는 한동안 그렇게 말없이 걷고 또 걷다가 어느새 호젓한 숲속 길로 접어들었다. 잠시 걸음을 멈추고 내가 물었다.

"카페 대문에 내 사진이 대문짝만하게 걸려 있었으니 너는 나를 알았을 텐데 그런 장난을 치니 재미있다?"

소년이 갑자기 화를 내는데, 화난 표정이 그렇게 매혹적일 수가 없다. 소년의 일거수일투족이 매혹 그 자체라니, 큰일 날 일이다.

"잘 들어요, 꽃무릇. 당신이 나를 사랑한 게 장난이 아니었듯 당신을 향한 내 사랑도 절대 장난이 아니었어요. 내가 당신을 사랑하는 게 뭐가 잘못됐나요?"

당돌했다. 내 눈을 똑바로 들여다보며 똑 부러지게 말하는 소년 때문에 나는 말문이 막혔다.

"나는, 나는……, 네가 노총각이나 아저씬 줄 알았지."

"노총각이나 아저씨가 아니면, 그러면 사랑하고 사랑받을 자격이 없는 건가요?"

"……?"

"사랑에는 국경도 나이도 없다고 했어요. 우리가 서로 뜨겁게 사랑한다면 그것으로 됐지, 뭐가 더 필요한가요?"

"절대로, 절대로 안 될 말이야."

"왜요? 내가 너무 어려서인가요?"

"그래!"

"바보! 그런 상식이나 인습에 얽매인 주제에 무슨 사랑을 운운할 자격이 있어? 꽃무릇, 당신 정말 바보야."

"……."

"꽃무릇, 당신을 사랑합니다. 영원히."

 소년이 와락 나를 끌어안았다. 내가 당황하여 밀어내자 그는 더욱 세게 나를 끌어안더니 내 입술에 자기의 입술을 포갰다.

 싱그럽고 향기로운 입술이었다. 소년의 입에서는 달콤한 딸기향이 났다. 내 몸 어느 구석도 그의 매력에 짜르르 감전되고 있었다. 하지만, 내 알량한 상식이 가만히 소년을 밀어냈다.

"이러면 안 돼! 정신 차려!"

"영원히 나만을 사랑한다면서? 그거 다 거짓말이었어?"

"그건 아니야."

"그럼 됐지. 뭘 그렇게 걱정하고 망설여?"

"그래도 이건 아냐. 우리 다시 한번 이성적으로 생각해보자."

"싫어. 나는 당신을 이미 깊이 사랑하고 있어. 꽃무릇, 당신 내게 아무 말도 하지 마. 나는 당신의 글이 좋아서 처음부터 그냥 순수하게 당신 글에 댓글을 달았을 뿐이었는데, 당신이 먼저 나를 유혹했고, 당신이 나를 먼저 불렀어."

김윤진 실화소설 -나는 꽃무릇

"⋯⋯?"

"그런데 내 마음 다 흔들어놓고 이제 와 나이가 어려서 안 된다고? 난 그런 거 용납할 수 없어!"

"세상이 우리를 용서하지 않을 거야."

"그게 무슨 상관이래? 세상이 우리에게 뭘 해줬는데? 세상이 무서워서 우리가 서로 사랑을 못 한다고? 꽃무릇, 당신 정말 용기 없는 사람이군. 겁쟁이야."

"⋯⋯?"

"잘 들어, 꽃무릇. 누가 뭐래도 나는 당신을 사랑하고 있어. 내 마음, 내 사랑은 쉽게 변하지 않아. 난 내가 뱉은 말에 끝까지 책임질 거야."

"어떤 식으로 책임질 건데?"

"내 식으로."

"니 식이 어떤 건데?"

"꽃무릇, 난 지금 당신과 말장난하고 싶은 생각이 없어."

"나도 너랑 말장난하고 싶은 생각 눈곱만큼도 없어. 빨리 집에 들어가. 어른들 걱정하셔."

"꽃무릇, 애절하게 사랑하는 사람들끼리 처음 만나 할 말이 정말 그거밖에야? 실망이다."

"야, 나 너 사랑 안 해!"

"거짓말쟁이! 내가 어떤 사람이어도 상관없다며?"

"우리 이러는 거 어른들 아시면 큰일나."

"아셔도 큰일 날 어른도 내겐 없어."

"그게 무슨 소리야?"

"몰라도 돼."

"우리 모든 걸 없었던 일로 하면 될까?"

"꽃무릇, 당신은 그럴 수 있을는지 몰라도 난 안 돼. 난 한 입으로 두말하지 않아. 시작은 당신이 했지만, 끝은 내가 내주지."

"그게 무슨 말이야?"

"꽃무릇, 우리 결혼해."

"미쳤어? 너 같은 꼬마랑 내가 결혼을?"

"왜, 안 돼?"

"당연히 안 되지."

"당연히 안 된다? 내가 꼬마라서?"

"그래."

"당신 정말 한심하군. 당신도 그저 그냥 별 볼 일 없는 보통 여자에 불과하군. 생각도 오픈돼있는 것 같고, 나름대로 열정도 있고, 글도 꽤 톡톡 튀게 잘 쓰길래 뭔가 특별한 여자인 줄 알았는데."

"정신 차려. 난 네 엄마뻘이야."

"그래서, 그게 뭐?"

"정말 너하곤 말이 안 통한다. 니 엄마 오라고 해."

"점입가경이시군."

"뭐?"

"카페에선 세상에서 가장 마음과 언어가 잘 통하는 사람이 바로 나라며? 나이를 떠나서 신분을 떠나서 그 모든 걸 초월해서 좀 쿨하게 사랑하면 안 되나? 사랑하는데 뭐가 그렇게 복잡해? 사랑 하나면 되는 거지."

"그러게 말이다. 나도 머리는 그렇게 생각하는데, 가슴이 안 따라주네. 내가 이렇게 구닥다리 노처녀라서 어떡하니, 꼬마야?"

"자랑이다. 꽃무릇, 경고하겠는데 다시는 그따위 발언 용납 안 해! 앞으로 내 앞에서 그런 식으로 말하지 마."

소년은 참으로 당돌했다. 요즘 아이들은 정말 무섭다.

"내가 불러냈으니 내가 데려다주지."

소년이 성큼성큼 앞장서서 걸어가고 있었다.

"됐어. 그냥 가. 나 혼자서도 얼마든지 갈 수 있어."

"안 돼. 끝까지 내가 책임져야 해."

소년은 기어코 나를 집 앞까지 데려다주었다. 몇 번 인사 나눈 이웃 아주머니가 아들이냐고 물었고, 나는 조카라고 둘러댔다.

"흥, 조카 좋아하시네. 한 번만 더 나를 부끄러워하고 그따위로 말하기만 해봐라."

　소년이 너무 귀엽고 황당해서 나는 그만 깔깔 웃어버렸다.

　"오늘은 그냥 가지만, 다음부터 나 문전 박대하면 안 돼. 나, 이래뵈도 화나면 무서워. 잘 자, 내 사랑. 내일 전화할게."

　소년이 내 입술에 급히 입을 맞추고 돌아서서 뛰어갔다. 멍해진 나는 소년의 뒷모습이 보이지 않을 때까지 보고 서 있었다.

　집으로 들어오자마자 식탁 위에 핑크빛 안개꽃 다발을 냅다 던져놓고서, 나는 주먹으로 내 가슴을 쳤다.

　"미쳤어. 미쳤어. 내가 정말 미쳤어."

　아무리 생각해도 내가 미친 짓을 한 것 같다.

　소년은 매일 나를 찾아왔다. 내가 문을 안 열어주면 소년은 마구 으르렁거렸다. 시끄럽게 해서 이웃들에게 망신을 주겠다고 은근히 협박조의 문자 메시지를 보내기도 했다. 소년과 스캔들에 휩싸이고 싶지는 않아서 순순히 문을 열어줬다. 남의 일에 호기심 많고 아는 척하기를 좋아하는 이웃 사람들에겐 멀리 지방에 사는 조카가 부모 떨어져 서울에 있는 학교로 전학 오는 바람에 내가 잠시 데리고 있다고 거짓말을 했다.

　소년은 원룸 안으로 들어오기만 하면 내게 항상 뜨겁고 열렬하게 키스 세례를 퍼부었다.

"아… 꽃바람, 제발 이러지 마."

꽃바람은 밀어내는 나를 더욱 세게 끌어안고는 자신의 입술로 내 입술을 막아버렸다.

"우리 정말 이러면 안 돼."

"……!"

소년이 내게 그 매혹적인 눈빛으로 나무랐다. 그런 구닥다리 같은 발언 더 하지 말라는 경고였다.

"너, 이거 다 계획적이지? 노처녀 혼자 사는 것 알고?"

"무엇이나 마음대로 생각하고 마음대로 말하는 버릇은 여전하군. 난 카페에 걸린 당신 사진을 봤고, 당신이 나름대로 톡톡 튀는 문장으로 재미있게 쓴 애정 소설을 몇 편 봤고, 매혹적인 시 몇 편을 읽은 것뿐 당신에 대해서 아는 게 아무것도 없었어. 믿든지 말든지 그건 당신이 알아서 해."

"징그러워. 자꾸 당신, 당신 하지 마."

"그럼 누나라고 불러줄까? 아님 자기?"

"됐어."

"아, 배고파. 맛있는 거 좀 해줘. 내일은 놀톤데, 나 오늘 여기서 자고 가면 안 돼?"

"그건 절대 안 돼!"

"아이고, 무서. 사랑하는 자기, 나 좀 재워주라 여기서."

"잠깐씩 놀다가는 건 되지만, 자고 가는 것은 버릇 돼. 니네 집에 가서 자. 밥은 아무 데서나 먹어도 잠은 정해진 장소에서 잘 자라고 하는 옛말도 있어."

"그런 말이 있었나? 난 처음 들어보는데."

"세상을 많이 못 살아봤으니 처음 듣는 소리도 많겠지."

"또 그 잘난 나이 자랑이신가?"

내가 눈을 곱게 흘기자 소년도 내게 매혹적인 윙크를 보냈다.

"이렇게 예쁜 너를 미워할 수도 없고 그렇다고 어린 너를 사랑할 수도 없고 나 정말 어떡하면 좋으니?"

"세상은 그냥 단순하게 사는 게 제일 좋은 거야. 배고프면 먹고, 자고 싶으면 자고, 사랑하고 싶으면 사랑하고. 근데 자기는 생각이 너무 복잡하다. 그거 별로 좋은 거 아닌데……."

"그래 알았어요, 대단하신 꽃바람님."

"사랑해요 꽃바람님. 바람처럼 와서 저를 살짝 한 번 쓰다듬어 주시면 그걸로 만족하겠습니다. 오오, 꽃바람님. 저 좀 안아주세요. 사랑해요, 영원히 당신만을.… 이런 쪽지 내게 보냈던 거 기억나?"

"오 마이 갓! 그걸 여태 기억하고 있었어? 창피하니까 좀 잊어버려라."

"창피하긴. 난 좋기만 한데. 오늘은 당신이 내게 보낸 쪽지대로 해주고 싶은데…"

소년이 홀딱 반할 미소를 지었다.

"아서라. 꼬마인 줄 모르고 보냈던 내 모든 댓글과 쪽지의 내용은 지금 바로 다 삭제해주시면 고맙겠습니다."

"무슨 수로 삭제하나? 당신이 이 가슴을 도려내도 그 자리에 그대로 새겨져 있을 텐데… 사랑해, 꽃무릇."

소년이 또 나를 으스러지게 끌어안았다. 머리는 소년을 받아들여서는 절대로 안 된다고 경고하고 있는데, 내 가슴은 어느새 소년을 받아들이고 있었다. 소년이 향기로운 입술을 포갰다.

"자꾸 이러지 마. 이러면 안 돼."

"당신이 나를 얼마나 간절히 원하고 좋아하는지 한눈에 다 보이는데, 당신 입술만은 항상 정직하지 못하군. 언제나 당신 가슴은 나를 향해 돼요, 돼요, 외치고, 당신 입술만은 안 돼요, 안 돼요, 외치니 이 얄미운 입술을 열심히 뽀뽀해서 없애버려야겠다."

소년의 말에 내가 곱게 눈을 흘겼다. 우리는 너무 젊었다. 비록 노처녀지만 나도 젊었고, 소년은 피 끓는 십 대 청춘이었다.

"사랑해, 꽃무릇."

소년이 몽환적인 눈빛과 목소리로 말했다.

"나도 사랑해, 꽃바람."

우리는 누구의 방해도 받지 않고 서로 뜨거운 사랑을 나누었다.

이제 머리가 명령하는 모든 명령 체계는 무용지물이 되었다. 우리는 서로를 간절히 원하고 있었다. 세상의 그 어떤 상식이나 법이 우리를 협박하고 우리 사랑을 방해해도 이제 우리를 갈라놓을 그 무엇도 아무런 의미가 없는 것이 되고 말았다.

소년의 나이는 열일곱. 내 나이는 서른셋. 세상 나이로 계산하면 딱 열여섯 살 차이. 하지만 그 차이가 우리 사랑을 막거나 방해하지는 못했다.

꽃바람은 요즘 아이들이 좋아하는 신세대 노래를 내게 잘 불러주었고, 나를 위해 춤도 잘 추었다. 기타나 우쿨렐레나 바이올린도 썩 잘 다루었고, 나를 위한 리사이틀을 자주 열어주었다.

하루는 어떤 남자가 전화했다. 집 근처 카페로 나를 불러낸 그 청년이 예의 바르게 인사를 했다.

"안녕하세요? 송유빈이의 형 되는 송수빈입니다."

차를 마시면서, 그는 한동안 말없이 나를 쏘아보는 거였다. 그 침묵이 숨 막혀 내가 먼저 입을 열었다.

"죄송합니다."

의외라는 표정으로 청년이 나를 보았다.

"뭐가 죄송한가요?"

"그냥. 모든 게 다요."

"혹 아실지 모르겠지만, 우리 유빈이 초등학교 5학년 때 부모를 잃었어요. 아버지 어머니가 한날한시에 교통사고로 돌아가셨거든요. 난 그때 중학교 3학년이었어요. 졸지에 고아가 된 우리 형제는 정말 하늘이 캄캄한 슬픔을 당했지만, 서로 의지하면서 이날 이때껏 살아왔습니다."

입안이 바싹바싹 탔고, 로즈마리 허브차가 내 입술을 축였다.

"우리 형제, 서로 의지하고 살아왔습니다. 남들의 손가락질 받는 일도 하지 않았고, 정말 열심히 살아왔습니다. 저는 이제 대학생이고, 우리 유빈이는 고등학생입니다. 우리 둘 다 열심히 공부할 나이죠. 엄마를 너무 일찍 여의어 외롭게 자란 유빈이가 인터넷 카페에서 어떻게 당신을 알게 되어 사랑에 빠진 모양이에요. 저도 꽉 막힌 사람은 아니니 당신과 우리 유빈이의, 불장난인지 사랑인지는 모르겠지만, 아무튼 그것을 꼭 부정적으로 보지는 않습니다. 그래도 우리 유빈이 이제 고등학교 2학년인데, 그쪽이 우리 유빈이를 잘 좀 설득해서 놓아주셨으면 좋겠습니다. 우리 유빈이는 외골수의 성향이 있어 형이 뭐라고 해도 우이독경입니다. 사랑의 속성은 원래 방해하면 할수록 뜨겁게 타오른다고 하잖아요. 그쪽에게 못 가게 막아도 보고 타일러도 보고 때려도 보았지만 아무 소용이 없어요. 그쪽만이 이 문제를 해결할 수 있다고 봅니다. 우리 유빈이가 못 찾는 어디 먼 곳으로 좀 떠나주세요. 그쪽을 나무랄 생각도 없고 문제 삼을 생각도 없습니다. 제발 부탁이니 우리 유빈이를 좀 도와주세요."

"잘 알겠습니다. 죄송합니다."

"고맙습니다."

청년이 정중하게 고개를 숙여 인사를 했고, 나도 희미하게 웃으며 고개를 까딱했다.

원룸으로 돌아온 나는 즉시 인터넷 카페를 폐쇄하는 동시에 원룸도 부동산에 내놓았다. 부모님 연락처만 남겨놓은 채 핸드폰 번호도 바꿔버렸다. 부모님 집으로 들어간 것이다. 그리고 시름시름 말라가다가 급기야는 병이 들어버렸다.

우리가 서로 못 만난 지 한 달이 지나자, 우리 부모님 집을 어떻게 용케도 알고 송수빈이 찾아왔다. 초췌한 내 모습에 그가 말했다.

"역시 그쪽도 많이 힘이 드나 봅니다. 우리 유빈이는 당신을 못 만난 이후로 식음을 전폐해서 학교도 잠시 쉬고 있습니다. 저러다 우리 유빈이 죽을 것 같습니다. 하늘 아래 땅 위에 혈육이라곤 우리 유빈이와 저뿐인데, 유빈이를 잃게 될까 두렵습니다. 당신과 우리 유빈이의 사랑이 잠시 지나가는 불장난이라면 제가 나서서 방해하지 않더라도 시간이 흐르면 저절로 그 불이 꺼질 것입니다. 그날만을 기다릴 테니 우리 유빈이를 이제 자유롭게 만나십시오. 저는 이제 더는 관여치 않겠습니다."

그래서 나는 서로가 몹시 초췌해졌으나마 꽃바람을 다시 만났다. 그는 이제 다시는 엄마를 잃지 않겠다는 아이처럼 매달렸다. 다시 가방을 꾸려 아직 빠지지 않은 내 원룸으로 돌아오자, 꽃바람도 숫제 가방을 꾸려 내 원룸으로 들어와 버렸다. 그의 형이 그 모든 걸 허락했기 때문이었다. 내 원룸 안에서, 우리는 우리만의 달콤한 세상을 만들었다. 그 누구의 방해도 받지 않은 채 날마다 뜨겁게 뜨겁게 사랑을 나누고, 나누고, 또 나누었다. 그런데 호사다마라고 했던가? 어느 날 샤워를 하다가 가슴에 알사탕만 한 멍울이 하나 잡힌 거였다. '이 멍울이 혹시 그것?' 다음 날 꽃바람이 학교 간 후 혼자 병원에 가서 진료를 받았다. 젊은 의사의 얼굴이 무겁고 진지했다.

"절제하는 수밖에 없네요. 말기라서……."

"유방암 말기요? 그럼 어떻게 되나요?"

"좀 일찍 오셨으면 절제 안 하고도 방법이 있었는데, 너무 늦게 오셔서 다른 방법이 없습니다. 수술 후 2~5년이 지난 후 상태가 좋아지면 유방 제건술도 있으니 너무 상심하지 마시고 잘 결정하시기 바랍니다."

나는 생각 좀 해 본 후에 다시 오겠다고 말해놓고 다시는 찾아가지 않았다. 그 대신 무면허 한방 시술 업자에게 내 몸을 맡겼다.

유방을 절제하지 않고도 유방암을 깨끗이 고쳐줄 수 있다고 해서 맡겼는데, 그 후 나는 자주 극심한 통증 때문에 혼절하기가 일쑤였다. 그런 어느 날, 꽃바람이 낮에 집에 있는 날이었는데, 내가 혼절하여 그가 119를 불러 나를 급히 병원으로 데리고 갔다.

응급실에서 진료가 끝나고 의사가 꽃바람에게 보호자냐고 묻더니 진료 결과를 설명했다.

"이 환자분은 유방암 말기인데, 이미 수술 시기를 이미 놓쳐버렸습니다. 이제는 너무 늦었습니다."

내가 응급실에서 깨어나자마자, 꽃바람이 내게 분통을 터뜨렸다.

"미련곰탱이! 왜 내게 말 안 했어? 내가 당신을 사랑했지, 당신의 유방만을 사랑한 줄 알았어? 당신을 잃고 아름다운 유방이 남았으면, 그게 무슨 의미가 있어? 어찌 목숨을 유방보다 못하다고 생각했어? 당신 정말 바보 아냐? 내가 아무리 어려도 그 정도는 알아. 당신 정말 나한테 이럴 수 있어?"

불같이 화를 내는 그에게 나는 다만 쓸쓸한 미소만 지어 줄 뿐이었다.

"아, 이 판국에 당신 왜 웃는 거야? 목숨은 건져놓고 봐야지, 당신 없는 세상 나 홀로 어떻게 살라고 나한테 이렇게 하는 거야?"

방방 뛰는 꽃바람을 가까스로 달래어 집으로 돌아왔지만, 그의 노여움은 쉬 가라앉지를 않았다.

무면허 한방 시술 업자에게 치료를 받은 이후부터 통증이 심해서 나는 자주 혼절해 병원에 실려 갔다. 임시방편으로 약을 처방 받아 먹었으나 오히려 속만 버려 구토까지 하게 되었다. 이제는 세상에 맛있는 것도, 갖고 싶은 것도, 재미난 것도 없었다. 모든 게 시들해졌다. 그런 한편 꽃바람을 두고 혼자 간다는 일은 나도 정말 가슴 아픈 일이었다. 꽃바람은 매일 저녁 뜨거운 물수건으로 내 가슴을 마사지해주었는데, 그렇게 한 시간씩 마사지를 받고 나면 그나마 통증이 좀 완화되었다. 꽃바람의 간호는 그야말로 지극정성이었다. 처음에 나이가 어리다고 내가 그를 철이 없다고 생각한 측면도 있었으나, 그는 나이에 비해 어른스러웠다. 생각하는 것이나 속이 말할 수 없이 깊은 소년이었다. 일찍 부모를 여의고 외롭게 살아서 그런지도 몰랐다. 잘 때는 항상 내 품 안에서 내 팔을 베고 잠이 들었다. 참 사랑스럽고 어여쁜 소년인데, 이 소년을 두고 먼저 가다니, 내 마음이 말할 수 없이 무겁고 참담했다.

이럴 줄 알았으면 진작에 유방을 절제하고 이 아름다운 소년과 오래오래 살 걸 그랬나 하는 후회도 밀려들었지만, 때는 이미 늦었다. 모든 것에는 때가 있는데 나는 내 생각대로 하다가 때를 놓치고 말았다.

꽃바람은 날마다 나를 씻겨주고 입혀주고 먹여준다. 내가 할 수 있는데도 굳이 자기가 해주겠다고 고집부린다. 나는 긴 생을 살진 않았지만, 세상에 태어나서 유일하게 꽃바람을 통하여 짧은 호사를 누리고 있었다. 나이 어린 그는 나를 항상 공주 대접해줬고, 나는 내가 대접받음으로써 나 자신이 비로소 귀한 사람이라는 자존감이 들기도 했다.

꽃바람은 찌개도 잘 끓이고 스프도 잘 만들고 뭐든지 잘한다. 맛있는 저녁을 지어 둘이 맛있게 먹고 꽃바람이 설거지를 끝낸 후 내게 바이올린 연주를 들려주었다. 엘가의 〈사랑의 인사〉는 언제 들어도 좋다. 오늘은 자주 들려주는 〈사랑의 인사〉 대신 〈어메이징 그레이스〉를 들려준다. 곡조가 너무 구슬퍼서 나도 모르게 눈물이 흘러내렸다. 이런 꿈같은 시간을 좀 더 연장할 수만 있다면 악마에게 내 영혼이라도 팔겠다는 절박한 마음이 들었다. 연주에 몰입하면서 꽃바람도 울고 있다. 연주가 끝난 후 가만히 나를 끌어안고 등을 토닥거려 주는 꽃바람. 그의 눈물이 내 볼에 이마에 떨어지고 있다. 처음엔 둘 다 소리 없이 눈물만 흘리다가 그 담엔 흐느끼다가 나중에는 둘이서 부둥켜안고 대성통곡을 해버렸다.

"내 사랑 꽃무릇, 우리 여행 갈까?"

"어디로?"

"그냥 어디든 발길 닿는 대로 가 보는 거지 뭐."

"그래, 그럼 우리 당장 가자."

우리는 달랑 가방 하나만 챙겨 밤 기차를 탔다. 차창 밖으로 스치는 어둠을 보내고 보내며, 꼭 끌어안은 채 기차에 몸을 맡겼다. 소리 없이 여행을 즐기고 있었다. 새벽녘 민박집을 찾아 들어서는 지친 몸을 늦잠으로 달랬다. 민박집에서 차려주는 깔끔한 된장찌개로 아침을 먹고, 우리는 또 정처 없이 여행을 떠났다. 경주에도 들러서 여러 관광지를 구경하고, 경남 하동에도 들렀고, 전남 구례에도 들렀다. 가는 곳마다 꽃 천지여서, 내 아픔에다 꽃 멀미라는 이름을 갖다 붙여도 하나 어색할 게 없을 지경이었다. 부시게 아름다운 봄 속으로 우리는 하염없이 빨려 들어가고 있었다.

 그는 눈을 지그시 감고 연주를 하고 있었는데, 눈을 떴을 때 그녀는 저만치 안개 속으로 사뿐사뿐 걸어 들어가고 있었다. 가지 말라고 제발 가지 말라고 손짓해 불러도 그녀는 들었는지 못 들었는지 천천히 천천히 안개 속으로 걸어 들어가고 있었다. 그는 슬프고 안타까워 울고 또 울었다. 안개는 무게가 느껴지지 않았고, 그 속을 걸어가는 그녀도 무게가 느껴지지 않는다. 순간, 짙은 안개가 커다란 입을 벌려 그녀를 삼켜 버리고 말았다. 그가 발을 동동 구르며 그녀를 부르며 뛰어갔으나 이미 그녀는 시야에서 사라지고 없었다. 어디를 둘러보아도 뽀얀 안개 밖에 보이지 않는다. 그는 안개 저쪽을 향하여 소리소리 지른다.

 "도대체 어디에 있어? 대답 좀 해 봐~~~!"

"꽃바람, 좀 일어나 봐. 악몽 꿨어?"

식은땀 줄줄이 흘리는 그를 흔들어 깨우자, 그가 나를 와락 껴안는다. 이마엔 아직도 식은땀이 송송 맺혀있다.

"꽃무릇, 너무 무서운 꿈을 꿨어."

"어떤 꿈?"

"자기가 안개 속으로 사라져버리는 꿈."

"그랬었구나. 아휴, 이 식은땀 좀 봐."

나는 손수건으로 꽃바람의 식은땀을 닦아 주었다.

꽃바람이 문득 폰 문자를 확인하더니 갑자기 얼굴이 환해진다.

"꽃무릇, 빨리 서울로 가자."

"이 새벽에?"

"응, 내 절친 중에 모세라는 친구가 있는데, 걔 아버님이 미국에서 자연의학 공부를 마치고 돌아오신 분이야. 아주 저명하신 자연의학 박사님이신데, 내가 자기 얘기를 했더니 아버님이 특별히 만나주시겠다고 하셨대. 한시가 급해. 빨리 가자."

"그래? 그럼 세수만 하고 가자."

"박사님, 꼭 고칠 수 있지요?"

나보다 더 애간장이 타는지 꽃바람이 눈을 반짝이며 물었다.

"한번 시작해 봅시다. 마음을 편히 먹고 인내심을 가지고 시작해 보는 겁니다. 이미 병원에서 포기한 유방암 말기인 만큼, 단시간에 치유할 수 있다는 욕심은 버리셔야 합니다. 이 경우엔 비용이 좀 드시더라도 A코스로 시작해야 할 것 같습니다. 힘드시더라도 완치하려면 꼭 프로그램 내용대로 잘 따라주셔야 하는데, 하실 수 있겠습니까?"

"네, 할 수 있습니다. 박사님!"

나보다 꽃바람이 확신에 찬 큰 목소리로 대답했다. 비용이 문제가 아니었다. 나는 자연의학 박사님이 짜주신 치료 프로그램대로 하루하루 잘 따라 했다. 처음 며칠은 내 아픈 부위가 더욱 심하게 아프고 몸속에서 독소가 배출되느라 몸에서 악취도 많이 나고 설사도 하고 구토도 했다. 그러나 지푸라기라도 잡는 심정으로 박사님의 지시대로 열심히 치료했다. 시간이 지나감에 따라 내 몸이 조금씩 좋아지고 있었다. 혈색도 좋아지고 머리카락에 윤기도 흐르고 입맛도 좋아지고 있었다. 내 몸이 좋아지고 있다는 사실은 내 몸이 가장 먼저 알았다. 내 혈색을 보고 꽃바람이 너무 좋아했다.

"자기야, 하늘이 무너져도 솟아날 구멍이 있다더니 그 말이 맞나 봐. 자기가 차츰차츰 회복되고 있는 것 같아서, 난 요즘 세상을 다 얻은 것 같애. 너무 좋아서 미칠 것 같다, 자기야."

"나두 그래. 다 자기 덕분이야."

우리는 서로 얼싸안고 깡충깡충 뛰었다.

하루, 이틀, 사흘, 한 달, 두 달, 석 달, A코스 프로그램을 따라 6개월이 흐른 어느 날, 나는 욕실에서 샤워하다가 거울 앞에 섰다. 그리고 내 가슴 멍울을 찾아 더듬거렸다.

아니, 이게 무슨 일인가?

나는 내 눈을 의심하고 내 손을 의심했다. 분명히 알사탕 크기의 멍울이 내 가슴에 있었는데, 그것이 감쪽같이 없어진 것이다.

나는 펄쩍 뛸 듯이 기뻤다.

"자기야, 얼른 와봐! 빨리!"

내 환희에 찬 목소리의 의미를 간파한 꽃바람이 펄쩍 노트북을 덮고는 후다닥 욕실로 뛰어 들어왔다.

"여기, 이곳을 좀 만져봐. 멍울이 없어졌어!"

꽃바람의 얼굴이 태양같이 밝아진다.

"와우! 그래? 어디 좀 보자!"

꽃바람이 내 가슴을 만지고 또 만져본다. 그리고 너무 좋아서 엉엉 울음을 터뜨린다.

"진짜네! 멍울이 없어졌네! 빨리 박사님께 말씀드려야겠다."

꽃바람이 흥분한 목소리로 자연의학 박사님께 전화했고, 박사님도 매우 기뻐하셨다.

"오늘 병원에 가서서 가슴 촬영해 보세요."

우리는 너무 좋아서 흥분된 마음으로 병원에 갔고, 특진 교수의 권유에 따라 한 번 더 MRI를 찍었다. 그리고 며칠 후 결과를 보러 갔다. MRI 촬영한 결과를 살피던 의사 선생님이 깜짝 놀라셨다.

"유선영 씨, 정말 기적이 일어났습니다. 멍울도 없어지고 유방암이 치유됐습니다. 그동안 무슨 일이 일어났던 겁니까?"

나는 6개월간 자연 의학으로 치료하였던 과정을 솔직하게 말씀드렸다. 특진 교수는 고개를 끄덕이며 말했다.

"우리 양의사들은 자연 의학을 그동안 별로 신뢰하지 않았습니다. 대체의학이라고 조금은 비하를 했었는데, 그런데 마침내 현대의학이 해내지 못한 일을 자연의학이 해냈군요. 축하드립니다, 유선영 씨. 암튼 기적이 일어났습니다. 믿기지 않는 일이지만 암튼 말끔히 치료되었네요."

"야호!"

꽃바람이 환호를 지르며 나를 안은 채 빙그르르 돌자, 특진 교수가 빙그레 웃었다.

우리는 이 기쁜 소식을 자연의학 박사님께 알렸다. 그분도 너무 좋아하셨다.

"그래도 마음 놓지 마시고, 애초에 계획했던 프로그램대로 끝까지 마치셔야 합니다. 그래야 재발의 위험이 없습니다."

나는 박사님이 짠 프로그램대로 처음 계획하고 시작했던 프로그램을 끝까지 해냈다. 죽음의 문턱까지 갔다가 되살아난 기분은 그 어떤 말로도 표현할 수가 없었다. 하마터면 잃어버릴 뻔했던 나를 되찾았다며 꽃바람의 기쁨 또한 대단했다. 우리 사랑은 예전보다 더욱 깊어졌다. 내게는 꽃바람이 있고, 꽃바람에겐 나 꽃무릇이 있으니 아무런 부족함이 없다. 세상에 부러울 것이 하나 없다.

우리는 자연의학 박사님 가족을 최고급 식당에 모셔서 극진히 대접했다. 우리의 기쁨과 고마움을 표시했는데, 꽃바람은 집에서 가져온 바이올린을 꺼내어 엘가의 〈사랑의 인사〉를 연주했다. 식당 손님들과 주인이 너무 좋아하며 몇 곡을 더 연주해달라는 요청이 들어왔는데, 꽃바람은 〈오 해피 데이〉〈어메이징 그레이스〉 등 몇 곡을 더 연주하고 우레 같은 환호와 박수갈채를 받았다.

요즘 나는 하루하루 사는 게 너무 감격스럽고 기쁘다. 죽음의 문턱까지 가 본 사람이 아니면 매 순간 살아 있다는 사실의 감격과 기쁨을 이해하지 못하리라.

겨울날 긴긴밤에 스치는 바람에 문풍지는 울고, 잠은 안 오고, 온갖 상념으로 내 뼈를 태우고 살을 태울 때도 나는 담배를 물었다. 그 기막힌 심정에도 눈 까만 어린 새끼들 밥 해먹이려고 부엌 아궁이에 불을 넣다가, 널름거리는 아궁이 불꽃보다 더 센 내 가슴속 불이 활활 타오를 때, 그 불을 끄기 위해 또 담배를 물었다.

담배 연기

김미남 순경. 나는 그로 인해 담배를 피우기 시작했다.

그는 앳되고 늠름하고 눈빛 좋은, 이른바 "순사"였다.

초저녁이었던가? 순사 두 명이 우리 마을을 순찰하던 중에 우물가에서 나를 만났는데, 그 당시 내 나이가 열아홉이었다.

둘 중에 인상이 다부지고 키 작은 순사가 나를 보는데, 갑자기 그의 눈에서 번쩍하고 스파크가 일었다. 그리고 내게 뭐라고 말을 걸었지만, 나는 동네서 제일가는 최부잣집 맏딸답게 도도하였다. 새초롬한 얼굴로 시선 한 번을 주지 않았다. 차분히 물동이를 머리에 이고 집으로 돌아온 거였다.

하지만 그 순사는 기세 좋게 나를 따라 우리 집 대문 턱을 넘었고, 곧장 사랑방으로 가서 우리 아버지를 찾았다.

그는 아무런 반응이 없는 우리 아버지를 잠시 바라보곤 흙 마당에 털썩 앉아 무릎을 꿇고는 씩씩하게 말했다.

"어르신, 제게 따님을 주십시오. 평생 밥 굶기지 않고 호강시키겠습니다."

"지금도 밥은 굶지 않네."

"장인어른, 금지옥엽 따님을 평생 몸고생 마음고생 시키지 않겠습니다. 오로지 따님 하나만 바라보며 살겠습니다."

 남자들의 뻔한 거짓말과 열정이었지만, 빙그레 웃음 가득한 얼굴로 결혼을 허락하고 말았다. 세상에, 처음 본 남자랑 결혼이란 걸 한 것이었다.

 우리는 그렇게 결혼했고, 그는 아들 셋 낳을 때까지는 그야말로 오로지 나만 바라보았다. 나 하나만을 행복하게 해주기 위해 무진장 애를 썼다.

 그런데 셋째 아들을 낳은 그해 봄부터는 변했다. 시국이 어수선해서 당분간 집에 못 들어온다, 업무상 바빠서 못 들어온다, 그렇게 점점 핑계가 많아지더니 결국은 일 년에 한두 번씩 바람처럼 나타나 불쑥 얼굴만 보여주고 떠났는데, 반드시 아이 하나씩을 만들어놓고 갔다.

 그에게 여자가 생겼다. 여자라면 말 안 해도 본능적으로 느끼는 직감이다. 요즘 텔레비전에 나오는 광고 문구처럼 나는 그에게서 낯선 여자의 향기를 맡았다. 한평생 나만 바라보며 살겠노라고 굳게 맹세하더니 칠 년도 채 안 되어 다른 여자에게 몸과 마음을 주어버린 남편.

남자가 여자(아내)에게 행하는 폭력의 종류는 많다.

언어폭력, 신체폭력, 물질적 폭력, 무관심의 폭력, 배신의 폭력(바람) 등등. 이 모든 폭력은 여자의 정신과 육체에 깊은 상처를 남기고 여자를 아프게 한다. 그러나 이 중에서 여자에게 치명상을 입혀 다시는 헤어날 수 없게 만드는 것이 바로 배신의 폭력이다.

첫 바람은 여자를 슬프게 하고 놀라게 하고 분노케 한다.

두 번째 바람은 실망감을 안겨준다.

세 번째 바람부터는 여자의 마음과 육체에서 남자를 포기하고 영원히 밀어내버리게 한다.

주야로 밭 잘 가는 잘난 남자들은 대개 왕의 행세를 하려는 나쁜 습성이 있는데, 먹물 많이 들고 잘난 남자로 통하던 내 남자가 그런 사람이었다. 나에겐 바람피우는 거 하나만 빼면 나무랄 데 없이 완벽한 남자. 하지만 아홉 개를 잘하더라도 마지막 한 개인 바람을 피워버리면 끝이다. 빛나는 아홉 개가 갖춘 모든 덕목과 빛이 일순간에 사라지게 된다는 사실을 남자들은 알까 몰라.

나는 우리 집 머슴 중에 눈치 빠르고 몸놀림이 민첩한 젊은 머슴을 골라 그를 미행시켰는데, 돌아온 머슴이 잔뜩 찌푸린 얼굴로 보고했다.

그는 내 직감대로 그는 이제 막 피어나려는 꽃봉오리같이 아름답고 탱글탱글한 계집아이와 도시에 살림을 차렸고, 그 어린 계집아이의 낭랑한 웃음소리가 담장 밖을 넘어 날 만큼 깨가 쏟아지게 잘살고 있더라는 보고였다.

 내 가슴에서 와르르 돌탑 무너지는 소리가 났다. 오랜 세월 정성들여 쌓아올렸던 사랑의 돌탑이 무너졌다. 그리고 머슴의 보고를 받은 그 날부터 나는 소화불량에 걸렸다.
 먹는 음식마다 체했고, 수시로 명치끝이 콕콕 쑤시며 뜨거운 불덩어리가 가슴을 치밀고 올라왔다.
 그때 내 나이 겨우 스물여섯. 새파랗게 젊은 나이에 나는 긴긴 세월을 한숨 지며 독수공방하는 신세로 전락했다.
 지아비 잊어보려고 처음으로 담배를 배웠다.
 맵고 알싸한 연기, 독한 맛에 처음에는 기절하는 줄 알았다.
 하지만 담배 맛보다 독해질 독수공방 내 허망한 인생을 이겨내려면 이쯤은 참고 배워야 했다. 그가 미웠고, 막 피어나려는 꽃봉오리 같다던 그 어린 계집아이도 미웠다. 더구나 미련하게도 내 품에서 그를 놓쳐버린 나 자신이 미워서 견딜 수가 없었다. 그래서 나는 낮이고 밤이고 가슴에서 불이 올라올 때마다 애꿎은 담배만 뻑뻑 빨아댔다. 내 품엔 은장도 대신 담배와 성냥이 들어앉았다.
 겨울날 긴긴밤을 스치는 바람에 문풍지는 울고, 잠은 안 오고,

온갖 상념으로 내 뼈를 태우고 살을 태울 때도 나는 담배를 물었다. 그 기막힌 상황에도 눈 까만 어린 새끼들 밥 해먹이려고 부엌 아궁이에 불을 지폈다. 화르르 널름거리는 아궁이 불꽃보다 더 센 내 가슴속 불. 그것이 활활 타오르면 나는 또 그 불을 끄느라고 담배를 물었다.

큰아들은 그런 에미 심정을 어느 정도 아는지 나를 바라보는 눈에 연민이 가득했다. 큰아들이 중학교에 진학할 시기가 다가왔고, 나는 지난번 그를 미행했던 머슴에게 쌀 한 말을 짊어지게 하였다. 그리고 큰아들을 앞장세워 그를 찾아갔다.

나와 내 큰아들을 본 꽃봉오리처럼 예쁘고 어린 그 계집아이는 낯빛이 새파랗게 질렸다. 큰아들보다 한두 살 더 먹었을까 하는 어린 계집아이를 보고 정말 기가 막혔지만, 묵묵히 쌀 한 말과 큰아들을 맡기고는 뒤도 안 돌아보고 집으로 와버렸다.

무슨 열과 성을 다해 독립운동을 하는 것도 아니면서 귀하디귀한 가정을 버린 채 젊디젊은 아내를 긴긴 세월 혼자 독수공방하게 하고, 하물며 제 자식들을 외면하고 딸 같이 어린 계집아이를 품에 끼고 희희낙락하는 남편. 그가 미웠다. 원망스러웠다.

앉으나 서나 누우나 잠이 드나 그와 그 어린 계집아이의 행복한 모습이 내 영혼을 괴롭혀댔다.

신에게 의지하면 나을까 싶어 나는 십리 길을 걷고 물을 건너고 산을 하나 넘어야 하는 먼 곳에 있는 교회를 찾았다. 외로우면 찬송가를 불렀고, 괴로우면 대성통곡하며 시간을 잊고 기도했다.

  그래도 내 텅 빈 가슴이 채워지지 않았다. 추울 땐 내 가슴 뻥 뚫린 아궁이에 담배라는 군불을 때고 또 땠다.

  그가 바람났다는 사실은 내가 말 안 해도 퍼졌다. 눈치코치 빠른 동네 사람들이 먼저 알고 쑤군대기 시작했다. 하늘 쳐다보기 부끄럽고 땅을 내려다보기가 부끄러워서, 어느덧 두문불출을 시작했다. 일체의 바깥출입을 참았다.

  귀머거리 흉내, 벙어리 흉내를 내며 죽은 듯이 집안에 콕 처박혀 살았다.

   밤은 길고 잠은 안 오고 이리 뒤척 저리 뒤척일 때 그와 알콩달콩 행복하게 살며 아이 낳고 그 아이들 재롱에 세월 가는 줄 몰랐던 그 시절들이 자꾸만 떠올랐다.

  그 행복하고 기름진 시간들이 바로 어제 일 같은데……

  나는 사랑을 잃고 원한에 맺혀 마음에 빗장을 굳게 잠그고 살았다. 그때 내 유일한 위로자와 친구는 담배뿐이었다. 절대자를 찾아도 그 어떤 신을 찾아도 내게는 위로가 되지 않았다.

  나를 안정시키고 나에게 크게 힘이 되는 것은 날씬하고 하얀 작은 몸뚱이를 뜨겁게 태워 내 안에 독한 기운을 넣어주고 몰아내 주는 담배만이 내 유일한 낙이고 위로였다.

여자로 태어나서 언제 올지 모를 남자를 애간장 다 태우며 무작정 기다리는 세월은 고문 같은 세월이고 죽음 같은 세월이었다. 말하면 무엇하리. 그 세월은 그대로 산지옥이었다.

아무래도 분을 못 삭여 내 속에서 활활 타오르는 불을 쓰디쓰고 독한 다른 불로 누르며 그렇게 허망한 세월을 죽이고 있는 동안 세월은 흘러갔다. 사람 좋아하고 술 좋아하고, 풍류 좋아하던 그도 떠났다. 평생 늙지 않을 것 같던 그 예쁘고 꽃송이 같은 어린 계집아이, 그녀도 세월을 이겨내는 힘은 없었던지 늙었고, 나도 늙었다. 나는 그에게서 다섯 자녀를 두었고, 그녀는 여섯 자녀를 두었다.

내 유일한 즐거움과 자랑은 내가 낳은 다섯 자녀들은 온 동네가 인정하는 효자 효녀들인데, 그녀가 낳은 여섯 자녀는 그렇지 않은 모양이었다.

그녀나 나나 인생 말년 외로운 것은 매한가지나, 그래도 나는 내가 낳은 자식들이 내게 끔찍할 정도로 잘해주니 그것으로 내 억울하고 분하고 서러웠던 인생을 대충 보상받고 있는 것 같다.

그가 떠날 때 그녀는 방바닥을 두드리며 대성통곡하며 몇 날 며칠을 울었으나, 솔직히 나는 눈물 한 방울 나지 않았다.

내 살아온 인생이 서러워 운다면 몰라도 그가 내 곁을 떠난 게 서러워서 울지는 않았다. 그녀도 자기 설움에 겨워 그렇게 몇 날 며칠을 식음을 전폐하며 울었는지도 모른다.

어수선한 장례가 끝나고 안방에 혼자 주검처럼 늘어져 누워있는 그녀에게 찾아갔다. 젊어 한때 정열적이고 멋있었던 한 남자를 함께 공유한 사이로서 그래도 지금은 미움보다

-세월이 약이라더니-

나는 측은한 마음이 들어 품속에서 담배 한 개비를 꺼냈다. 말없이 불을 붙이고 말없이 그녀에게 내밀었다.

묵묵히 담배를 받아든 그녀, 늙고 지쳐 보잘것없는 모습이다.

해설

-아픔을 노래하는 파란나비의 날갯짓

주영숙(문학박사·평론가·시인·소설가·화가)

-들어가면서-

김윤진 소설집 《복이》는 1편의 중편소설과 6편의 단편소설로 구성되어 있다. 차례로 놓아보면 〈복이〉〈빨간 자전거〉〈레테의 강〉〈원더풀 내 인생〉〈투명의 세마포〉〈나는 꽃무릇〉〈담배 연기〉로써, 지은이의 말을 따르자면 이렇다.

'혼자 있는 시간이 많고 외로웠던 대신 무지갯빛 미래를 꿈꿀 수 있었다. 대홍수가 말끔히 쓸어간 듯했던 지독한 가난과 나의 핸디캡, 채워지지 않는 영혼의 허기, 아무도 모르는 나만의 슬픔과 외로움, 나의 모든 아픔과 결핍은 오히려 축복의 통로가 되었다. 자연스럽게 문학이라는 창으로 연결해주는 지름길이 되어 주었다.'

여기에서 자동호출되는 한 작가는 18세기 사람 연암 박지원이다. 불우하기가 짝이 없었던 청년기를 보낸 박지원. 그는 열여섯 살에 결혼하여 식솔을 책임져야 할 처지였지만, 빼어난 글재주로도 밥한 끼를 해결하지 못했다. 그래서인지 그는 우울증에 걸려버렸고,

김윤진 실화소설 -해설

그 병마에서 탈출해보련다 하면서 글을 썼다. 뒤에 청년기의 글들을 《방경각외전》이라 이름 붙이고서 박지원은 이렇게 토로하였다. "이것은 내가 젊었을 적에 작가에 뜻이 있어 작문법을 익히려고 지은 것인데, 지금까지도 더러 칭찬하는 사람들이 있으니 몹시 부끄러운 일이다."

《방경각외전》은 본래 아홉 편이지만, 〈마장전〉, 〈예덕선생전〉, 〈민옹전〉, 〈양반전〉, 〈김신선전〉, 〈광문자전〉, 〈우상전〉까지 일곱 편 외에 〈역학대도전〉 〈봉산학자전〉은 그 서문만 남아있을 뿐이다. 〈광문자전〉〈민옹전〉 등에서도 표백했듯이 그는 저잣거리에 떠도는 기이한 이야기 등을 청하여 들었으며, 그런 것들이 그의 우울증 치료제가 되었고 소설이 되었다. 김윤진 작가가 글을 쓰게 된 동기도 이에 못지않다. 중편소설 〈복이〉는 자전적 소설이고 나머지 여섯 편은 모두 주변 사람들의 '드라마틱'한 인생을 재조명한 작품들이기 때문이다.

연암 박지원이 그 시대의 애환을 '갓끈이 썩은 새끼줄처럼 끊어지고 입안의 밥알이 벌떼처럼 튀어나오는' 글발로 고발하였다면, 파란나비 김윤진은 이 시대에서 반드시 짚고 넘어가야 할 구구절절 아픈 사연들을 편편이 해피엔딩으로 꾸며서 들려주고 있다.

우리 민족은 '한'이 많은 민족이고, '한'을 흥겨운 노랫가락에 실어내는 독특한 정서를 지니고 있다.

그래서인지 연암의 소설들이 죄 사설시조로 구분되는데, 김윤진의 소설 또한 우리의 고유문학 사설시조조로 구분됨을 알 수 있다.

-〈복이〉에서 숨 쉬는 해학성

〈복이〉를 면밀히 검토하면 '한'을 흥겨운 노랫가락으로 풀어낸 해학성 풍부한 사설시조 가락이고, 그래서 흥겹게 읽힌다.

사설시조조 소설의 특징이 바로 이것이다. 작가가 의도하였든 아니하였든, 사설시조조로 보이는 소설이면 으레 문장에 운율이 들어있기 마련인데, 그것은 종장 첫 구의 3음절로 나타나는 '추임새'의 역할 때문이다. 기존 소설들 전체에서 사설시조 형식이 나타나는 문장은 좀처럼 만나기 어려웠다는 경험으로 미루어볼 때 '사설시조의 변용 양상 연구자'인 필자로서 매우 반가운 일이 아닐 수 없다. 이는 한편 작가가 순 한국적 글쓰기를 지향한 결과물이며, 동시에 그 순수성이 고스란히 드러남이다.

작가는 자신의 유년기를 조명하되 삼인칭 기법을 씀으로써 글을 객관화하였는데, 전체의 줄거리 소개는 생략한다.

아무리 바쁜 세상이라고, 본 소설은 읽지 않은 채 해설만 훑고서 소설 읽었다고 할 독자가 생기지 말란 법도 없기 때문이다. 그 대신 이 소설이 왜 사설시조 가락인가를 입증하되, 글이 놓인 순서대로 부분부분 검토한다. 아마도, 이 방법이야말로 소설 읽기에 보탬이 되는 작업이기도 하겠다.

책 9면 가운데쯤의 한 문단(마흔넷 김원탁 씨를 …… 대가족을 이루고 있었다)은 이 소설의 도입부이며 복이 가족이 낙향하는 현장을 보여주고 있는데, 이 대목을 사설시조 형식으로 놓고 구분하면 다음과 같다.

(초) 마흔넷/ 김원탁/ 씨를/ 위시하여,// (중) 열세 살 연하라 불과 서른하나인 그의 아내 김옥련,/ 그리고 그들의 큰아들인 열 살 상우와 작은아들인 여덟 살 윤우,/ 거기다/ 여섯 살짜리 큰딸 유경이와 세 살짜리 작은딸 혜경이// (종) 이렇게/ 여섯 식구로,/ 그는 복이가 태어나기 이전에 이미/ 대가족을 이루고 있었다.//

김윤진 실화소설 -해설

그 무슨 일이든 기초가 튼튼해야만 제대로 이룰 수 있다는 말을 입증하듯, 작가는 소설 도입부에 이 대가족 구성원을 아주 자세하게 소개하고 있다. 그럼으로써 독자가 소설 속으로 편안하게 빠져들 수 있도록 장치한 셈인데, 독자를 배려하는 이 방식은 나머지 6편의 단편소설들에서도 어김없이 나타난다. 아무튼, 이렇게 소설 한 대목이 사설시조 한 수로 나타남은 매우 흥미로운 일이 아닐 수 없다. 여기서의 초장 네 걸음(마흔넷/김원탁/씨를/위시하여/), 중장 네 걸음(열세 살 연하라 불과 서른하나인 그의 아내 김옥련,/그리고 그들의 큰아들인 열 살 상우와 작은아들인 여덟 살 윤우,/거기다/여섯 살짜리 큰딸 유경이와 세 살짜리 작은딸 혜경이/) 그리고 종장 네 걸음(이렇게/여섯 식구로,/그는 복이가 태어나기 이전에 이미/ 대가족을 이루고 있었다.//)을 구분하고 다시 보면 종장 첫 구가 뚜렷이 나타난다. 평시조이건 사설시조이건 종장의 첫 구는 3음절의 독립단어이어야 시조 평론에서의 문제를 일으키지 않는다는 사실을 유념하여 들여다보면 종장 첫 구 "이렇게"가 눈에 뜨인다. 작금에 와서는 소설이 아닌 일반 시조를 쓰는 작가들도 종장의 첫 구를 토씨 안 붙은 독립단어로 나타내는 경우가 드물다고 인지하고 보면 이는 매우 훌륭한 시조 작법이며, 분명 '이야기 문학'이라는 별칭을 가진 사설시조가 아닐 수 없다.

책 10면 상단 〈이러저러한 …… 선심을 베풀었다〉까지를 놓고 분석하면 다음과 같다.

(초) 이러저러한 현실을/ 꼼짝없이/ 받아들여야 하는/ 위기의 순간// (중) 대한민국 성씨 중에 명가 반열에 들어가는/ 의성 김씨 한 가족이/ 들판에 이불 깔고 잠을 청하는/ 단체 노숙자로 전락할 찰나였다.// (종) 그래도/ 일가족 한꺼번에/ 노숙자 되라는 법은/ 없는지,// (초) 천만다행으로 구세주가 나타났다./ 그는 김원탁 가족과는 피도 살도 안 섞였고/ 친척도 아닌/ 후일 복이의 친구인 환수 아버지였다.// (중) 환수 아버지가/ 집도 절도 없는/ 김씨 가족의 사정을/ 딱하게 여겼고,// (종) 때마침/ 사랑방이 비었다면서/ 집 구할 때까지/ 들어와 살라고 선심을 베풀었다.//

이 문단은 사설시조 2수로 볼 수 있는데, 첫 수의 종장 첫 구는 '그래도'이고 둘째 수의 종장 첫 구는 '때마침'으로써 명명백백 '긴장'이라는 시조 종장의 첫 구를 수식함을 알 수 있다.

(초) 식구들 모두/ 일 나가고/ 집안에/ 아무도 없을 때였다.//
(중) 복이 아버지는 소가 먹을 풀을 한 망태기 베어다 놓고 골칫거리 셋째 딸 복이를 보았다./ 더윗병에 들어 머리방에 홀로 누워서는 오리처럼 꽥꽥거리는 복이. 복이 아버지 원탁 씨는 불끈 화가 치밀었다./ 그는 장독대 소금항아리로 가서 소금을 한 줌 집어 왔다. 그리고 복이 입에다 강제로 처넣으며 말했다./ "병신이 육갑해도 분수가 있지. 대체 이기 뭐하는 짓고 으이? 주는 밥이나 받아 처묵음서 집안에 가만히 처박혀 있을 것이재,// (종) 와이래/ 힘들게 하노?/ 너 같은 건 고마,/ 차라리 죽어삐라." //

복이는 아버지가 친아버지가 아닐거라고까지 생각하는데, 복이에게 아버지는 숙적이다. 아버지와의 전쟁이라고나 할까, 소설의 서두에서 말미까지, 아버지와의 갈등이 소상하게 서술되고 있는데 해도해도 너무한, 딸에게 퍼붓는 아버지의 폭력을 사뭇 해학적으로 담담히 풀어나간 작가의 객관적 시선을 높이 사지 않을 수가 없다. 또 한편 뒤에 가면서 꽃밭 만들기로 화해하는 장면이 압권이다.

복이를 괴롭혔던 대상은 비단 아버지뿐만이 아니었는데, 복이는 그럴 때마다 '초전박살' 계획으로 상대를 응징하는 야무짐을 나타내고, 이 장면들 역시 아이러니와 해학을 머금고 있어서 상당한 가독성을 지닌다. 이 중 한 대목을 옮기면 다음과 같다.

(1초) '내가 앞으로 /6년 동안/ 이 학교를/ 다녀야 되는데,// (중) 이런 꼴을 당

할 때마다 가만히 참고 있으면/ 저놈들은 나를 지 밥으로 생각하고/ 계속 놀려대겠지?/ 이런 놈들은 초전박살을 내놔야지.// (종) 그래야/ 앞으로 6년/ 학교생활이/ 편해지겠지?' //

(2초) 이런 결론에 도달하자마자/ 복이는/ 신고 있던 검정 고무신을/ 벗었다.// (중) 그리고/ 남학생의 얼굴을/ 사정없이 후려갈겼다./ 순식간의 일이었다.// (종) 남학생/ 두 콧구멍에서/ 쌍코피가 줄줄/ 흘러내렸다.//

배꼽을 잡고 웃게 되는 이런 대목을 짐짓 태연하게 서술하고 있는데, 들여다보면 과연 사설시조조로 볼 때의 첫 수의 종장 첫 구는 '그래야'이고 둘째 수의 종장 첫 구는 '남학생'으로써 이 대목을 똑 따서 놓아도 상당한 작품성을 지님을 알 수 있다. 다시 말해 어느 문예지에 게재되어도 손색이 없을 만큼 우수한 사설시조 작품이라는 거다.

소설 <복이>에서 간과할 수 없는 부분은 아버지의 역할이다. 친아버지가 아닌데도 복이를 훈련시켜 걷게 해준 은인 우전 양반, 그리고 친아버지인데도 사사건건 복이를 구박하는 아버지, 참 어처구니없는 상황이지만 이것이 실화다.
어릴 때의 아버지란 존재는 그의 세상관을 크게 좌우하기 마련인데, 이 실화소설에서의 복이와 아버지는 앙숙 아니면 숙적이다. 심지어 복이는 그 아버지가 친아버지가 아닐 거라고까지 생각하게 되고, 실제로 친아버지를 찾아 나서기까지 한다.
여기에서 대비되는 부녀관계를 말해주는 두 장면을 사설시조 양식으로 들여다본다.

(초) 어둑어둑/ 어둠이/ 몰려오기/ 시작했다.//
(중) 하나둘 일터에서 돌아온 엄마들이 아이들을 부르기 시작했다./ 온 동네

가 저녁밥 먹으라고 외치는 소리로 가득찼다./ 아이들이 자기 엄마의 목소리를 듣고 하나둘 집으로 다 들어가고 나중에는 복이 혼자 어둠 깔린 겨울 냇가 커다란 돌에 꽁꽁 묶여 있었다./ 질끈 아랫입술을 깨문 채, 복이는 눈물을 삼켰다.//
　(종1) 그동안/ 아버지의 구박이/ 무수히/ 떠올랐다.//
　(종2) '하지만/ 오늘 이 일만은/ 그냥 못 넘겨./ 친아버질 만나면// (종3) 반드시/ 일러 줄 거야./ 저 못된 가짜 아버지를/ 혼내줄거야.' //

　72면 하단이다. 도대체 친아버지라고 믿기 어려운 '아버지'를 고발하고 있는 작가. 그것이 어찌 쉬운 일이랴. 그래서인지 사설시조조로 볼 때의 이 대목은 종장이 세 번이나 반복되고 있는데, 다시 옮기면 아래와 같다.

　▶(종1) 그동안/ 아버지의 구박이/ 무수히/ 떠올랐다.//
　(종2) '하지만/ 오늘 이 일만은/ 그냥 못 넘겨./ 친아버질 만나면//
　(종3) 반드시/ 일러 줄 거야./ 저 못된 가짜 아버지를/ 혼내줄거야.' //

　이것은 소설 문장 전체의 함축이다. '무수한 아버지의 구박' '평생 잊을 수 없는 아버지의 구박은 친아버질 만나면 해결될 것이다' '아무래도 가짜 아버지다. 친아버질 만나면 반드시 일러 줄 거야' 에 그 사실이 나타난다. '일러 줄' 대상이 존재함은 인간에게 있어서 큰 위안거리이다. 작가는 아니 복이는 그 대상이 없는데도 '친아버지' 라는 명칭으로 설정을 해놓았다. 참으로 당차면서도 지혜로운 일면이다. '일러줄거야' 는 '고발할거야' 라는 말과 같기 때문이다. 어린 복이가 자가치유법을 사용했고, 그래서 유년을 무사히 보낼 수가 있었다는 느낌이 든다.
　어쨌든 사설시조조 소설에서의 특징은 중요 부분에 가서 종장이 두 번 세 번 반복되는데, 이는 할 말이 많을 때, 감정이 격앙된

김윤진 실화소설 -해설

장면 묘사에서 곧잘 드러나는 방식이다. 이 현상은 사설시조조 소설쓰기에서의 묘미라 할 수 있다. 이를 그냥 사설시조로 보자면 위 인용의 (종3)만을 정식 종장으로 할 수 있기도 하다. 그러나 사설시조에서 시조 3장 중 어느 한 장(주로 중장)이 가장 길다는 관점으로 볼 때, 길게 표현된 그 장도 4걸음에 읊어야 할 책무를 지니고 있다. 사설시조는 주로 랩 음악으로 표출될 수 있는데, 길게 표현한다고 무조건 길게 하면, 즉 중장이 너무 길면 문제가 발생한다. 긴 문장을 단 4걸음에 읽으려니 그만 숨이 넘어갈 우려가 있다는 말이다. 그 해결을 위하여 고민해보자면 소설 한 문단을 놓고 사설시조 2수, 3수로 나누어 집필할 수도 있다. 또한 종장을 몇 번 반복할 수도 있는데, 그것이 반드시 의도적인 사설시조조 소설에서만 나타난다고 볼 수는 없다. 순 한국적 문체에 충실했다면 일쑤 종장 반복 현상이 나타나기 때문인데, 바로 김유정 소설이 그렇고 이문구 소설이 그렇다.

　(초) "우와, 진짜 꽃밭이다./ 아부지,/ 고맙심니더./ 진짜로 고맙심니더." //
　(중) "니가 밥도 안 묵고 참말로 굶어 죽을까봐 걱정이 돼서 아부지가 산에 가서 낫으로 싸리나무를 한 짐 베어왔다. 아부지가 직접 꽃밭을 맹글었는데, 우떻노? 맘에 드나?" /
　"예에. 지 마음에 쏘옥 듭니다. 고맙심니더, 아부지." /
　"이자(이제)부터 아부지 안 미워할끼재?"
　"헤헤헤. 하모요. 이자부터 아부지 참말로 안 미워할낍니더." /
　"하나님과 부처님, 여러 신과 귀신들한테 퍼뜩 우리 아부지 좀 잡아가라고 안 빌 끼재?" //
　(종) "헤헤헤./ 그걸 아부지가/ 우째 알았능기요?/ 지 맘속으로만 빌었는데." //

　소설 〈복이〉에서의 장점은 주인공 복이가 아버지와의 전쟁을 승리로 마무리한 데 있다. 표면상으론 복이의 굴하지 않는 투쟁 정신에 아버지가 그만 항복한 결과지만 그 밑바닥에 깔린 진짜 아버지의 깊은 사랑이 엿보이는 장면으로, 일종의 해피엔딩이다.

-나가면서-

단편들 역시 대부분 사설시조로 구분됨에 놀라움을 금치 못한다.

〈빨간 자전거〉에는 점례가 장애를 가지고서도 멋진 남자를 만나 사랑을 나누고 결혼까지 하여 아들딸을 낳아 행복하게 산다는 이야기로서 모든 장애인에게 희망을 주는 동시에 장애인에 대한 편견 제거의 메시지다. 여기서 사설시조로 구분할 수 있는 한 부분만 따서 놓아보면 다음과 같다.

 (초) 점례가 비록/ 왼쪽 다리를/ 살짝/ 절긴 하지만,// (중) 그것이 뭐/ 살아가는데 그다지/ 장애물이 될 것 같지도 않았고,/ 사랑하는데// (종) 그까짓/ 다리 좀 전다고/ 아무 문제가 되지 않을 거라/ 확신했다.//

〈레테의 강〉은 제목에서 암시하는 바와 같이 망각의 강, 즉, 치매를 앓고 있는 주인공 인옥을 조명하고 있는데, 소설의 짜임이 매우 노련하다. 실재했던 연못에서 시작하여 가상의 연못으로 마무리되었기 때문이다.

선녀가 막 하강한 것 같이 아름답던 인옥, 인옥의 아버지는 인옥을 눈에 넣어도 안 아플만큼 사랑하였다. 인옥에게 강하게 박혀있는 아버지에 대한 추억, 그것은 연못에서 잉어를 보며 노니는 장면이다. 그리고 인옥의 마지막은 큰 고무통을 연못 삼아 아버지에게로 가고 있다. 가슴이 아프지만 그래도 인옥의 편에서 보면 결

김윤진 실화소설 -해설

말이 그리 나쁘지만은 않음을 알 수 있는데, 여기선 종장이 길게 나타나는 사설시조를 만날 수 있다.

(초) 늙은/ 인옥의 눈이/ 위로/ 날카롭게 찢어진다.//
(중) "야, 이년아!/ 내가 언제 니한테/ 수도세/ 달라카더나?!// (종) 남이사/ 수돗물을 틀어/ 마당을 한강으로 맹글든지 낙동강으로 맹글든지 말든지/ 니하고 뭔 상관이고?" //

<원더풀 내 인생>은 그야말로 원더풀 내 인생이다. 오드리 햅번을 닮은 '나'는 사실 휠체어 생활을 하는 장애인이다. 그런데도 전혀 거리낌 없이 사랑하고 결국 결혼까지 하여 듬직한 아들을 낳고 잘 산다. 이 드라마틱한 사랑 전개에 있어서 '민규'를 사랑하는 한 여자의 질투를 받기도 하고 가족의 거센 반대와 맞닥뜨리기도 하지만 민규는 '지극정성'으로 변함없는 사랑을 퍼붓고 있다. 그리고 아들, 세상 그 무엇과도 바꿀 수 없는 사랑. '나'는 참으로 당당하다. 스스로는 고통을 안고 살지언정, 독자는 장애가 전혀 장애가 되지 않는다는 사실을 목격할 수밖에 없다.

(초) "누나의/ 청순한 이미지와/ 살집 없는 얼굴이/ 닮았어." //
(중) 동생도 한참 새카만 동생뻘인 철없는 그의 말에/ 나는 어이가 없어서 웃고 말았다./ 그는 항상 나를 부를 때/ '오드리' 라고 불렀다.//
(종) 공연히/ 오드리 햅번에게/ 미안한 내가 그렇게 부르지 말라고 말려도/ 그렇게 부르는 것은 그의 자유란다.//

<투명의 세마포>는 도입부에서부터 몰입되는 소설이다. 그로테스크한 차림의 '자야' 캠퍼스 명물 자야, 그 누구의 사랑도 받지 못할 거 같던 자야, 그런데 채 교수가 그녀를 사랑했고, 결국 그녀와 결혼하기에 이른다. 그러나 들판의 망아지처럼 자유를 희구하는

자야, 그녀가 문득 춘천으로 스케치 여행을 떠나는데, 결혼생활에서의 일탈일까? 자야의 모습을 가감 없이 그렸다고 보이는 이 소설의 특성을 한 가지만 들라고 하면 그것은 기차게 고급진 해학이라는 거다. 배꼽을 잡고 킥킥거리다가 못해 기어이 눈물을 자아내는 결말, 대단히 우수한 작품인데, 이것이 실화라는 거다.

(초) 자야는/ 춘천으로 가는 기차를 타기 전에/ 남편에게/ 전화를 걸었다.//
(중) "선생님,/ 내 좀 댕겨오께요." /
"어데 가노?" /
"춘천으로 스케치 여행." //
(종) "머라꼬?/ 자야, 니 그 자리에/ 꼼짝 말고 서 있거래이./ 내 금방 총알처럼 달려가께." //

〈나는 꽃무릇〉은 도입부, '나는 확실히 그 남자를 사랑하고 있었다' 에서부터 가슴이 덜컹한다. 마치 19금 소설같이, 한참 연하의 소년과 사랑에 빠지는 이야기, 실화라고 하지만 무리한 설정이기도 한데, 그런데 작가는 이 역시 슬기롭게 소화해낸다. 뿐이랴, 지극히 서정적인 사설시조 2수의 작품을 해낸다.

(1-초) 그는/ 눈을 지그시 감고/ 연주를/ 하고 있었는데,// (1-중) 눈을 떴을 때/ 그녀는 저만치 안개 속으로 사뿐사뿐 걸어 들어가고 있었다./ 가지 말라고 제발 가지 말라고 손짓해 불러도 그녀는/ 들었는지 못 들었는지.// (1-종) 천천히/ 천천히 안개 속으로/ 걸어 들어가고 있었다.// (2-초) 그는/ 슬프고 안타까워 울고/ 또 울었다.// (2-중) 안개는 무게가 느껴지지 않았고, 그 속을 걸어가는 그녀도 무게가 느껴지지 않는다./ 순간, 짙은 안개가 커다란 입을 벌려 그녀를 삼켜 버리고 말았다./ 그가 발을 동동 구르며 그녀를 부르며 뛰어갔으나/ 이미 그녀는 시야에서 사라지고 없었다.// (2-종1) 어디를/ 둘러보아도/ 보얀 안개밖에 보이지 않는다./ 그는 안개 저쪽을 향하여 소리소리 지른다.//
(2-종2) "도대체/ 어디에 있어?/ 대답 좀/ 해 봐~~~!"//

김윤진 실화소설 -해설

〈담배 연기〉는 이 소설집의 마지막 제목이다. 그런만큼 마지막 부분을 검토해보는데, 다음과 같다.

(초) 나는/ 측은한 마음이 들어/ 품속에서/ 담배 한 개비를 꺼냈다.//
(중) 말없이/ 불을 붙이고/ 말없이/ 그녀에게 내밀었다.//
(종) 묵묵히/ 담배를 받아든 그녀,/ 늙고 지쳐/ 보잘것없는 모습이다.//

이 소설집의 마무리가 완벽한 사설시조로 나타난다는 것. 매우 흥미로운 일이 아닐 수 없다. 책 전체가 사설시조조라는 말과도 통하기 때문이다.

그러나 사설시조는커녕 시조 자체에 대하여 문외한인 파란나비 김윤진 작가, 그에게 정색하고 권하고 싶다. 시조 공부를 하라고. 그냥 시조뿐만이 아니라 사설시조를 배우고, 나아가선 의도적인 사설시조조의 소설을 써보라고 말이다. 왜냐면, 가장 한국적인 글이 가장 세계적이기 때문이다.

끝으로 파란나비 김윤진 작가의 '느릿느릿하면서도 멈추지 않는 문학 열정'과 불리한 조건의 운명에 굴하지 않고 반듯하게 이어나가는 '당찬 삶'에 사랑과 응원의 박수를 보낸다.

복이

초판 인쇄일 | 2024년 8월 30일
초판 발행일 | 2024년 9월 5일

지은이 | 김윤진
펴낸이 | 박문환
펴낸곳 | 도서출판 문학의빛
등 록 | 2024.07.02. 제2024-000093호
　　　　등록번호 173-95-01657

주 소 | 경기도 파주시 파주읍 봉서산로225번길 46-1
전 화 | 010-8728-1732
이메일 | siinys@daum.net
가 격 | 15,000원

ISBN　 | 979-11-989055-0-5(03800)

*저자와의 협의하에 인지는 생략합니다.
*파본 및 잘못된 책은 구입처에서 교환해 드립니다.
*이 책은 한국예술인복지재단에서 일부를 지원받아 제작되었습니다.